李秀贤 著

中国海洋大学出版社

· 青岛 ·

图书在版编目（CIP）数据

适意清飙 / 李秀贤著. — 青岛 ：中国海洋大学出版社，2022.4
ISBN 978-7-5670-3130-2

Ⅰ. ①适… Ⅱ. ①李… Ⅲ. ①散文集—中国—当代 Ⅳ. ①I267

中国版本图书馆 CIP 数据核字（2022）第 059399 号

SHIYI QINGBIAO

适 意 清 飙

出版发行	中国海洋大学出版社
社　　址	青岛市香港东路23号
邮政编码	266071
出 版 人	杨立敏
网　　址	http://pub.ouc.edu.cn
电子信箱	1922305382@qq.com
订购电话	0532-82032573（传真）
责任编辑	陈　琦　　　电　话　0898-31563611
印　　制	三河市百福春印刷有限公司
版　　次	2022年4月第1版
印　　次	2022年4月第1次印刷
成品尺寸	170 mm × 240 mm
印　　张	14
字　　数	140千
印　　数	1—5000
定　　价	58.00元

发现印装质量问题，请致电010-51452115调换。

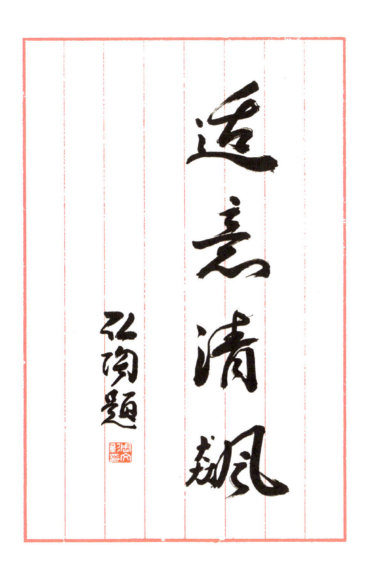

逸志清飇

弘衍題

本草联贺适意清飙付梓

人言上甲连心翘

章举无疵益智仁

香港古广祥题

序言一

匠心独运　感喟遥深

王春煜

　　李秀贤先生的《适意清飙》即将出版，请我为书写序。

　　这些年，海南的文学天空总是有一些迷蒙，可在这方热土上，却从来不乏酷爱文学的有志之士。不过，有人浅尝辄止，有人稍有成就便自觉满足，而真正锲而不舍，并且不断进步的，就比较难得。因此，每读到一些新人新作，尤其是扎根本土艰难地成长起来的作家的作品，总是感到特别的兴奋。

　　李秀贤先生一直从事学校的管理工作，兢兢业业，诲人不倦，业余在文学的园地俯首躬耕，不惜汗水，以散文、随笔、评论、诗词等多种文学形式，来表达他对社会、对文艺的高度事业心。近期，他将近几年来在各地媒体上发表过的作品，结成三辑，即"品读篇""行吟篇"和"闲谈篇"，付梓成书。

　　作品是作家写的，读作品，不仅要"知人论世"，还要摸清"来龙去脉"，即首先了解一个"史"的轮廓。朱熹说，读书要"涵泳玩索，久之自有所见"。意思是说，对作家作品须经咀嚼，方得弦外之音、象外之旨。作文须以立意为主。抒情归根到底也是在于立意，因为感情总是受思想制约的。清初的王夫之说得好："无论诗歌与长行文字，具以意为主。意犹帅也，无帅之兵，谓之乌合。"（《夕堂永日绪论》）但是，思想又必须诉诸文字，凭借材料和事实来表达。材料从哪里来？从观察和思考而来，从博览群书而来。写作的素材，经过作者刻意地挑选、妥善处理后，文章便顺遂地流露在他的笔下。可以想见，收集在"品读篇"中的十五篇作品，是在这种情况之下产生的。

在学术界，对古代名贤及其作品的研究历来不乏其人，与之相关的学术著述浩如烟海。但从"品读"角度切入进行评述，尚属少见。作者文章中虽然缺少惯常的宏观把握和理论框架，却能独出心裁，写得波澜起伏，引人入胜。开篇往往从写作缘起，分别进入李白、杜甫、苏东坡等多位"高贵的灵魂"的过往，将对他们每个人的人生经历及其作品的探究，娓娓道来，兼带感情，自不乏会心而谈言微中之处。因此每篇文章，都能给读者不同的感触和启示。而且文章中时时有"我"，每见"我借用尼采的话""我的感觉是""我最早对李清照的认识"，作者宛如与读者谈心，予人以亲切之感。

如《"良知""向善"才能"知行合一"》，题目提出了鲜明的主题，语气肯定，豪情毕露，但作者并非架空论述，而是借助古代名贤王阳明说事。文章从王阳明的身世、成长经历说到他最终悟道，传播"致良知""知行合一"等理论，确是独创之见，精彩过人。然后对其理论进行阐析，旁征广引，思路清晰，论证透辟，最后回到文章的题目，这不仅是照应，也是进一步的强调和肯定。读后自有一种力量，它驱使读者不断寻求"良知""向善"，以做到"知行合一"。这便是文章所产生的效果。

在此辑中，专门写苏东坡的有三篇文章：《吟啸徐行——苏东坡的音乐情怀》《"酒趣"独特的苏东坡》《感悟苏东坡》。苏东坡才华绝代，属于罕见的天才型人物，无论是散文、诗歌、词曲、绘画，还是书法、音乐，可以说无不精通，而且多方面都达到了那个时代的高峰。

苏东坡是说不尽的。作者对苏东坡素有研究，他的三篇文章，试图从不同的角度展示苏东坡的精神世界，因此各有特色。

先说《吟啸徐行——苏东坡的音乐情怀》。音乐是人类情感思想文化的支柱之一，是人类的生命之本与快乐所源。作者出于专题研究的需要，十分认真地翻阅了苏东坡几乎全部作品，在诗、词、赋文中，发现有大量的作品浸透着优美的音乐旋律。作者能做到这一步，确实是难能可贵。文章接着追述苏东坡有这样的造诣，源于从小受父母的教育和熏陶，并侧重探讨了苏东坡的音乐情怀。从苏东坡的音乐活动，表明他不仅具有很高的音乐鉴赏水平，还具有高超的表演能力

序言一

和创作水平。在写法上，偏重于材料和事实的叙述，却处处洋溢着真挚的感情。苏东坡与音乐相随相伴，凸现出他超然豁达、洒脱自如的品格。

苏东坡在海南儋州地区的音乐活动，在此还须说一说。海南儋州地区是著名的"歌海诗乡"。相传苏东坡当年来到这里，就常常听到"夷声彻夜不息"。他在儋州写的《和陶拟古九首（其五）》中，有"爆牲菌鸡卜，我当一访之。铜鼓壶卢笙，歌此送迎诗"之句，诗的大意是说："摆上大牛、菌类、肥鸡为供品去占卜，我应当仔细地去一一询问和搜寻。敲起激越的铜鼓，吹起优美的芦笙，就唱着我写的这首诗去迎送鬼神。"句末还注云："交际取无柄之瓠，剖而为笙。"可见这首诗是写实的，是当地歌舞活动的实录。元符三年（1100年），苏东坡遇赦北归途中，他写了一首诗寄给儿子，其中有句云："蛮唱与黎歌，余音犹杳杳。"（《将至广州用过韵寄迈迨二子》）可见儋州地区的民间歌唱，给苏东坡留下了深刻的印象。

赵德麟《侯鲭录》载："东坡在昌化，尝负大瓢，行歌田亩间，所歌者盖隐词也。"与音乐相随相伴的苏东坡，以爽朗的歌声回击黑暗势力对他的迫害。儋州地区，有一首叫《鹧鸪鸡》的民谣广为流传，歌中唱道："鹧鸪鸡，鹧鸪鸡，你在山中莫乱啼，多言多语遭弓箭，无言无语丈夫离。"这首民谣，相传是苏东坡搜集，又在民间教唱而流传下来的，说的是一位出嫁女，恪守妇道，因寡言而被富裕夫家逐出家门，在回娘家途中，触景悲痛难当，借歌声倾吐出来。苏东坡在民间探访时听了这首民谣，引起强烈的共鸣。这些传闻，生动地反映了苏东坡与海南民间音乐的密切关系。

苏东坡歌咏音乐的作品，具有鲜明的特色和时代的气势，也可以看作有声有色的文化史。

《"酒趣"独特的苏东坡》，这是一篇充溢着生活情趣的文章。在日常生活中，酒有种种功能，可佐餐，可助兴，可解忧，可作乐，可陶醉，即从此可看出，酒不仅是一种饮料，也是一种文化现象。

关于苏东坡"酒趣"一文，从叙述苏东坡酿酒的一些趣事（林语堂称苏东坡为"酒仙""造酒试验家"），说到古人对酒有不同的反应。该文重点是探究苏东坡"酒趣"的独特性，即境界，从中不难体会出苏东坡旷达酣适的人生态度。文中作者通过阅读苏东坡大量的作品，发现作品的字里行间有大量的"酒"字，而出现"酒"字的名篇大多数是他在中晚年饱经沧桑后的作品，可看出他的"吟酒情怀"伴随他的一生，正好显示出其傲世独立之志，给后人留下无穷甘美的回忆。纵观全篇，记叙精当，层次井然，议论则理有所据、情有可依，使文章建立在坚实可靠的基础之上。

《感悟苏东坡》一文则以纵向方式记述苏东坡一生的活动，酣情饱墨出之。苏东坡主要的活动地点，包括眉州、徐州、湖州、杭州、黄州、惠州、儋州等区域。在这些区域留下的他的足迹和经历，一向引得人们的关注。作者追随苏东坡足迹，走进其中好几个区域，以其亲身经历和观察，具体地记述了苏东坡在这些区域的主要活动，深切感悟这位文化巨人的人格魅力和人生智慧。不待说，在这些区域，作者对历史上一些耳熟能详的史实和有关苏东坡的传闻轶事，都流露出浓厚的兴趣，广为搜集和积累。然后将手头所拥有的材料，依据写作上的需要，如金玉般散发在文章内，以增强文章应有的亮度。由此也可看出作者写作态度的严谨。

儋州是苏东坡活动较多、逗留时间较长的一个区域，因而产生了比之其他地区更为深远的影响。九百多年来，该地区人民群众始终对苏东坡这位曾经推动和促进文化发展繁荣的"文化巨人"怀着无比的崇敬、缅怀之情。作者在儋州土生土长，他的学者背景和人生经历，使他对活在儋州人心中的苏东坡极其崇拜，有深切的理解和感动。

有关苏东坡的记忆，经过历史沉淀，已经衍化成一种文化象征。苏东坡的人文价值是留给后人的宝贵的文化遗产，对于今天也具有重要的现实意义。

再说"行吟篇"。作者的文化之旅，其意义不在于行走，而是感受。学者刘再复说过："人生中最可贵的东西，是自己体验过的东西，是久久煎熬过，然后从自己心中流出的东西。"我想，这东西也可称为流露在李秀贤先生笔下的吟诗记事。诗歌对作者而言，是通过文字传达自身感受的一个载体，而诗歌对读者而言，是通过文字激发想象的一个媒介。但诗歌所能表达的毕竟有限，正如诗人北岛所言："诗最多只能点睛，而不能画龙，画龙非得靠只鳞片爪的勾勒连缀才行。"据此，作者巧妙地运用诗文交织的写法，把返璞归真的散文和深沉含蓄的诗歌融会在一起，相得益彰，自有一番天然的妙趣。

如《湘游感怀》，为作者湘文化之旅，在平实亲切、充满趣味的叙述中，带领我们神游黄兴故居、周敦颐故居、永州柳子庙和浯溪碑林等著名景点。作者以诗记事共五首。其诗作韵律、情调和意境兼而有之，看得出作者扎实的文字功底。在每首诗的后面，作者用极其简洁的文字对诗的内容作了诠释。这当中主要包括文中人物的经历、成就或品性，给读者留下鲜明的印象。

又如《蓟州行吟》一文，内容丰富，诗文融会，可读性强。试举文中《谒独乐寺》片段：

"不过，我从独乐寺建筑格局和风貌，能感受到独乐寺满载的历史沧桑和诠释的历史音符，体会到时光的荏苒和岁月的变迁。当年安禄山'起兵反唐'时，在此誓师，提出'思独乐而不与民同乐'，这是'独乐寺'寺名的由来。就这一个荒唐的'号令'，注定安禄山的失败。江山是人民的，历史也是人民的，独乐而不同民乐，能拥有美好的江山和辉煌的历史吗？《孟子·梁惠王下》说：'独乐乐，与人乐乐，孰乐？'当然是'不若与人'乐。范仲淹说：'先天下之忧而忧，后天下之乐而乐。'这才是为政者应有的忧国忧民情怀。"

从这段引文可以看出，作者行吟之文的特点：一是叙事、议论、抒情三者结合得水乳交融；二是将自己在旅游中的所见所闻所感皆洋溢于诗文中，读来如嚼橄榄。

"闲谈篇"收入文章九篇。作者属于思想型的作家，他惯常用有情的眼光看大千世界。有一所高校门口张贴的对联，不仅左右不分，而且格律不合，作者在《不能让"严重危机"出现》一文中，透过现象看本质，尖锐地指出不重视中华传统文化的严重错误，文中充满了科学的态度和分析的精神，富有说服读者的力量。

《阅读，寻找心灵的归属》，是作者阅读的沉思和体悟。此文写得明白晓畅、酣畅淋漓，很具有文学意味。此文的第三段写道：

"寻找心灵的归属，对我们来说真的很重要。人是群居动物，总是需要某种群体的认同才有'归属感'。而这种'归属感'容易找到，只要你不是特别的'另类'，别人基本上都会认同你。但是，真正的归属感，不是来自别人对你的认同，而是来自个人内心对生命、生活的把控，要看你是否找到心灵的归属点。如果你的心灵没有归属点，你就像是站在一个无处着落的中间地带，迷惘、疲惫、尴尬、孤独，有时还会像是跌落到深渊，周围漆黑一片，拼尽全力找到出口，最后却遍体鳞伤。樊登开创了'樊登读书法'，并认为阅读是人类反脆弱的强大武器。他的道理是：阅读能让人充实和自信，人因充实和自信而内心强大。试想，如果我们内心强大了，还会担心走不出困境吗？杨绛在《我们仨》中说：'我们读书，总是从一本书的最高境界来欣赏和品评。'这点很难做到。但是，我们可以做到，汲取书中我们内心所需要的养分去滋养我们的心灵，让我们内心因充实和自信而强大、快乐。"

引用的这段文章很精彩，看得出作者对阅读有敏锐独特的感受，对人生有一种真诚的关切。文中的议论精警，又富有情韵，与叙事、抒情融为一体，所以闲谈得畅快淋漓，而避免了其枯燥艰涩之失。

在世界文明史上，中国一向有"诗的国度"之称。古代名贤给我们留下了大量的优秀诗文，把过去人民的现实生活和精神面貌描绘得有声有色，像李白、杜甫、苏东坡等人的著作，是多么使我们自豪。在社会日益商业化、世俗化的今天，如果只热衷于追星，沉迷于孔方，津津乐道于快餐文化、泡沫文字，而对民族的真正的精英文化缺乏爱心与敬意，只会令人感到遗憾和悲哀。

拉杂感来，就此带住，是为序。

2021 年 11 月 20 日

（王春煜，海南省琼海市人，海南大学文学院教授。曾任海南大学中文系主任，现任海南省文化历史研究会会长。编著作品多种。）

序言二

心性合一，志虑忠纯的著述

任传功

我曾答应李秀贤先生借今年9月参加"2021海外华文媒体海南行"活动之机相见，后因行程所限未经儋州那大，不能如愿，彼此有些遗憾。兹有机会为他即将出版的新书《适意清飙》写序，确是"缘属天定，分乃人造"。

捧读李秀贤先生之《适意清飙》书稿，实为幸事。该书文稿意舒而清雅，畅阔而激扬，读之仿若只身徜徉于祖国五千年历史文化长廊，游历于祖国壮丽无比的大好河山。唐诗宋词，如涓涓细流，清波荡漾，在梦中流淌；诗词歌赋，如甘甜乳汁，汩汩泉涌，滋润着心窝……

《适意清飙》著述之三篇——"品读篇""行吟篇"及"闲谈篇"，每篇都洋溢着与标题相辅相成之气韵或紧扣标题之写意文风。如节奏明快之音响，如蓬勃盎然之春意春气，如潺潺流淌之清波溪流——为孤独者于寂寥中逸趣横生，令焦躁者于心事重重中顿觉释然，使茫然者于踯躅徘徊中豁然开朗……

笔者深感《适意清飙》一书体现了作者对唐诗宋词的深究细研，非一般的研究功底及国学底蕴所能成就。书中所描述的中国彪炳史册的文学大家及蜚声海内外的著名学者，跨越的历史年代极为宏阔，从屈原、李白、苏东坡、李清照直至胡适、陈寅恪等。

《适意清飙》"善"之彰显

作者始终以肯定赞许的笔墨评述书中所涉及的每一位名人大家，足见其心胸及品格。鄙人知晓甚至亲身接触过诸多文学理论、历史人物评述专家——他们中的许多倾向于始终以批评的格调行文。诚然，没有批评就没有进步，但一味批评，难免吹毛求疵，尤其会误导年轻年幼者并影响其心态，带来负能量。

李秀贤先生对书中所写历史人物的褒扬是结合当时的历史环境并附有其恰到好处的理证论据，其中的引用可谓精心细腻。看似信手拈来、自然流畅，然非一般的研究所达至。文句的清新飘逸，评述的肯定客观，足见作者本身心态的阳光与乐观。我认为，以静心豁然的方式去评述历史上的文人名士，可能会高于一味挑剔与尖刻。

书中对女词人李清照的描述，引用与论辩都很贴切，集中阐释其尊贵与高雅。书中对苏东坡的着墨相比最多，概与其曾被贬于儋州有关，然东坡先生对中国文学的贡献映照千秋，书中的阐释可谓细腻，包括苏轼与王安石的关系等，进行了较有深度的分析。

《适意清飙》"适"之体现

舒适、释怀、生动、写意。现代人生活压力较之以往与日俱增。书中对不同历史时期文人文豪的描写，人们读起来不会感到任何紧张压抑，其中的意趣、格调取向，如慰藉，似轻抚，不乏生动具体客观之情愫。由于篇幅有限，在此不一一列举。

《适意清飙》"清"之展示

清新、飘逸、雅致、温婉。书中自始至终所用笔风温雅而清秀，可谓清流涤荡而未溢，荷莲秀魅而不妖——诚然清风徐徐来，水波未出阁。

《适意清飙》实为唐风宋韵文化之旅。古往今来春秋雅颂——此书中，对民族精神风骨非一般之点睛颂扬，与新时代民族文化坚守自信、承继弘扬、国际传播，紧紧相扣，一致吻合。

《适意清飙》督促我们温故而知新，努力学习民族文化之精髓，与文旅创新、绿色发展有机链接。它吐露时代的气息芬芳，意义非凡！

文如其人，言为心声。《适意清飙》，透现李秀贤先生心性合一、志虑忠纯的性格与品格。读毕文稿，反复咀嚼，思绪油然。

是为序。

2021 年 11 月 21 日　于常柏雅居

【任传功，吉林大学文学院暨新闻与传播学院教授，澳大利亚澳华电视传媒 ACTV 董事长，澳大利亚《新市场报》总编辑。澳大利亚悉尼科技大学（UTS）人文社会学院哲学博士（PhD，原国际研究学院），澳大利亚麦克里大学（Macquarie University）国际传媒（传播）学（International Communication）硕士，江苏师范大学英国语言文学学士。】

目　录

适意清飙

品
读
篇

品读古代的圣贤，感悟他们的思想和品质是非常美好的事情。

　　我虽然没法完全理解他们所处的时代，也不能真正领会他们的智慧和力量，但是我的领悟所产生的快感是丰富又充实的。

　　古语说：人非圣贤，孰能无过。其实，圣贤也有"过失"。我认为他们的"过失"很可爱，可爱得让我无比愉悦。

　　李白说：古来圣贤皆寂寞。事实上，他们真的很"寂寞"，他们的"寂寞"很亲切，亲切得让我爱慕。

"良知""向善"才能"知行合一"

　　暑假在宁波接受学校管理培训，抽空去逛天一阁，因下课太晚，赶过去时天一阁已关门。

　　在天一阁旁边的书店，买了一整套中国画报出版社出版的《王阳明全集》，一共五本。啃了几个月，终于粗略地读了一遍，又选择性地读了一些感兴趣的内容，稍微深入地作一些思考。读古文书太费劲，内容又深奥，所以不全读懂。可是，我能读完，必须给我点赞。

　　王阳明，名守仁，字伯安，明代浙江余姚人。因被贬贵州时曾居住于阳明洞，世称王阳明。他是我国明代著名的哲学家、教育家、政治家、军事家，是朱熹后的另一位大儒，"心学"流派集大成者。他的出世，有点传奇。张廷玉《明史·王守仁传》记述："守仁娠十四月而生。祖母梦神人自云中送儿下，因名云。五岁不能言，异人拊之，更名守仁，乃言。"

他是状元之子，从小家境好、家教也好，但读书不安分，有个性，想做圣人。《王阳明全集（五）》的"年谱"记载："尝问塾师曰：'何为第一等事？'塾师曰：'惟读书登第耳。'先生疑曰：'登第恐未为第一等事，或读书学圣贤耳。'龙山公闻之笑曰：'汝欲做圣贤耶？'"龙山公就是他父亲王华，只想要他用心科举考功名，不会想到他能成为"圣人"。

据载，王阳明聪明好学，但因"忌者所抑"，二十一岁会试落第。二十八岁再会试，赐二甲进士出身第七人。但他不用心仕途而钟情于程朱理学的"格物致知"。因此，他经历当众廷杖的奇耻、下狱待死的恐惧、流放南蛮的绝望、瘟疫上身的危险、荒山野岭的孤寂，最终龙场悟道，创立"阳明心学"，传播"心外无物""致良知""知行合一"等思想理论。

王阳明的"心学"影响极大。清代名士王士祯称赞他"立德、立功、立言，皆居绝顶"，为"明第一流人物"。清代"中兴第一名臣"曾国藩生前事事效仿王阳明。章太炎认为："日本维新，亦由王学为其先导。"梁启超说："他的学术像打药针一般令人兴奋，所以能做五百年道学结束，吐很大光芒。"但是，王阳明的"心学"，后来就没有得到学术界的高度重视了。因为，它毕竟是"主观唯心主义"，有局限性。

是的，在哲学的学术范畴上，"心学"是属于"主观唯心主义"，有局限性。但是，对于传统文化，我们是取其精华、去其糟粕，古为今用，不能全盘摈弃。习近平总书记多次强调"以知促行、以行促知，做到知行合一"，这里可以理解为，以传统文化的精义，解决我们工作上存在的问题。

有人认为，"心学"就是说一个东西，想它是什么它就是什么。这是片面的理解。有人说，"心学"批判了朱熹理学提出的"存天理，灭人欲"，肯定了人欲的合理性，崇尚了"功利"和"人欲"，对社会有影响或危害。这是对"心学"基本理论的误解。

"心学"的基本理论是"良知"，它以"良知"为核心，"知行合一"是格物的方法，而"心外无物"则是"良知"的一种体现。良知是镜子、良知是尺度、良知是标准，它能让我们对"是非""善恶"做出应有的判断。王阳明说："见父自然知孝，见兄自然知弟，见孺子入井自然知恻隐。此便是良知，不假外求。若良知之发，更无私意障碍，即所谓'充其恻隐之心，而仁不可胜用矣'。"（《王阳明全集（一）》第21页）这就是告诉我们必须有"良知"。关于奉养自己的父母，他主张让父母满意才是诚意，提出："必实行其温清奉养之意，务求自谦而无欺，然后谓之诚意。"（《传习录》）这就是告诉我们什么是"良知"。

王阳明的"心学"不仅以"良知"为根本，而且突出"向善"之要求。他所概括的"心学四诀"是："无善无恶心之体，有善有恶意之动，知善知恶是良知，为善去恶是格物。"这明白地说出了修炼"心学"的基本要求就是"向善"。

根据《传习录》的阐述，"无善无恶心之体"，就是说心

品读篇

之本体是无善无恶的，也就是"心即理"，"无心外之理，无心外之物"。"有善有恶意之动"，就是说人的善恶观念源于人的起心动念，是人对事物的认知所产生的主观意识。"知善知恶是良知"，就是说良知即心之本体，如澄明的镜子，有辨别善恶的能力，知善知恶就是人之良知。"为善去恶是格物"，包含两层意思，一是格除私欲，恢复良知之本体；二是择善而从之，并践行于事事物物上。

其实，他讲的就是"行善积德"，告诫我们：没有"良知"，就没有"善行"；不"向善"就没有"良知"。他提出："天地虽大，但有一念向善，心存良知，虽凡夫俗子，皆可为圣贤。"他说："为善之人，非独其宗族亲戚爱之，朋友乡党敬之，虽鬼神亦阴相之。"（《王阳明全集（四）》第36页）这是他崇尚的"善行"。

关于"知行合一"的立言宗旨，王阳明这样说："今人学问，只因知、行分作两件，故有一念发动，虽是不善，然却未曾行，便不去禁止。我今说个'知、行合一'，正要人晓得一念发动处，便即是行了。发动处有不善，就将这不善的念克倒了，须要彻根彻底不使那一念不善潜伏在胸中。此是我立言宗旨。"（《王阳明全集（一）》第121页）从这一论述，我们可以清楚地认识到他主张"良知"和劝世"向善"的思想实质。

王阳明"知行合一"，虽然说的是道德意识和道德践履的关系问题，但已成为我们实际工作的"方法论"。梁启超曾经对青年人说:"我告诉你唯一的救济法门,就是依着王阳明知行合一之教做去。"我们不必把"知行合一"当作"救济法门",但是我们在实际工作中,必须"知行合一"。而"良知""向善",才能"知行合一"。

2019年12月14日晚于那大静我斋

品
读
篇

说说李白的人生"气象"

　　王国维在《人间词话》中说："太白纯以气象胜。"这句话，可以理解为李白的诗词纯然以"气象"取胜。而事实上，李白的人生就是以"气象"取胜，这种"气象"就是气质，就是魅力。

　　传说其母梦太白金星落怀而生之，因此取名李白，字太白。这应该是后人杜撰的故事，但是人们愿意接受。家喻户晓的"铁杵磨成针"故事，见于周勋初主编的《唐人轶事汇编》，说李白贪玩无心向学，受磨铁杵的老婆婆点化才用功读书。这也应该是后人杜撰的励志故事，但是人们爱听。龙巾拭吐、御史调羹、力士脱靴、贵妃捧墨等传说，见载于辛文房的《唐才子传》。人们把这些传说，当作茶余饭后的美谈，给李白的人生添加了"气象"。

　　《大鹏赋》彰显他年轻时的雄心壮志："脱鬐鬣于海岛，

张羽毛于天门。刷渤澥之春流，晞扶桑之朝暾。燀赫乎宇宙，凭陵乎昆仑。一鼓一舞，烟朦沙昏。五岳为之震荡，百川为之崩奔。"开元十五年（727年），二十六岁的他写下《代寿山答孟少府移文书》，设计了个人的人生之路："乃相与卷其丹书，匣其瑶瑟，申管晏之谈，谋帝王之术。奋其智能，愿为辅弼，使寰区大定，海县清一。事君之道成，荣亲之义毕，然后与陶朱、留侯，浮五湖，戏沧洲，不足为难矣。"年轻的他，希望像大鹏一样自由自在地展翅，得以辅助帝王，功成名就后归隐山野、寻仙访道。这是一个中国古代文人心中最完美、最浪漫、最天真的人生理想，是一个精彩的"政治童话"故事。这充分说明了李白"儒""道""侠"的人文精神：儒，积极入仕；道，逍遥自在；侠，豪侠尚义。

余秋雨在《唐诗几男子》中写道："他一生都在惊讶山水、惊讶人性、惊讶自己，这使他变得非常天真。正是这种惊讶的天真，或者说天真的惊讶，把大家深深感染了。"事实上，他真的很天真。开元二十二年（734年），三十三岁的李白写了一封著名的自荐信《上安州裴长史书》，他写道："若赫然作威，加以大怒，不许门下，遂之长途，白既膝行于前，再拜而去，西入秦海，一观国风，永辞君侯，黄鹄举矣。何王公大人之门，不可以弹长剑乎？"他警告大名鼎鼎的安州裴长史：如果不收我为门徒，我会拜别而去，永不见你。他就是这样天真可爱。有专家认为，"天真"更能准确概括李白精神与诗歌艺术的本质，我是赞同的。

　　他的出生地，一直蒙尘于历史的迷雾中。在哪出生？是山东、蜀中还是碎叶？说不清楚。但是，他很有家国情怀。一首传诵千古的思乡小诗《静夜思》，牵动世世代代人的心。当然，人们说不准他说的是"床前明月光"还是"窗前明月光"。如果是"床前明月光"，那么床是"睡床""马扎"还是"井栏"呢？他是怎么死的？是醉死、病死还是溺死？也说不清楚。迷雾中的"出生地"和"死法"，让后人研讨了一千多年，越说越神奇，增添了李白的人生"气象"。

　　他是"诗仙"。司马承祯称赞他"有仙风道骨，可与神游八极之表"；文坛泰斗贺知章赞美他是"谪仙人"并"金龟换酒"与他恣酒作乐；世人皆认为他诗写得最好，是神仙下凡；杜甫说他"天子呼来不上船，自称臣是酒中仙"。他大声吟咏"仰天大笑出门去，我辈岂是蓬蒿人""安能摧眉折腰事权贵，使我不得开心颜""天生我材必有用，千金散尽还复来"，展现了他强大的人生"气象"。当你闭上双眼，想象李白的形象，瞬间，你的脑海里就会出现一个景象：一人一马一壶酒，一骑绝尘走天下。

　　范传正在《唐左拾遗翰林学士李公新墓碑并序》中说他"常欲一鸣惊人，一飞冲天，彼渐陆迁乔，皆不能也"。他就是有"一飞冲天"的"气象"。在这种强大的"气象"中，他展示着狂放不羁、豪纵潇洒的个性和天马行空、激情四射的诗句。他抒发的野心，自然、可爱，不像一些政客那样阴鸷或是无耻；他轻轻吟咏一声，整个唐朝人就得驻足聆听。

应该可以说，"赐金放还"是他人生最大的"气象"。《酉阳杂俎》记载："白遂展足与高力士曰：去靴！力士失势，遽为脱之。及出，上指白谓力士曰：此人固穷相。"唐玄宗嘲笑他"固穷相"，当读了他的《翰林读书言怀呈集贤诸学士》，知道他有空虚落寞的情绪和辞官归隐的想法时就"赐金放还"。

这是李白"求仁得仁"。正是这一"赐金放还"，彰显了李白蔑视权贵、不卑不屈的个性，放大了李白的人生"气象"。这个"气象"，比"脚著谢公屐，身登青云梯"的梦境还要潇洒十倍；这个"气象"，在老百姓的心中目，比《蜀道难》《将进酒》《静夜思》《望庐山瀑布》还要出彩得多。

2019年12月28日于海南儋州

品读篇

以血书者——杜甫

我的随笔《说说李白的"气场"》在网上发表后，有好几个网站转载，产生小小的影响。有文友对我说：你也说说杜甫的"气场"吧！我没有半点的思考就说："杜甫是以血书者。"

尼采在《查拉图斯特拉如是说》中说："一切文学，余爱以血书者。"意思是：一切文学，我只喜爱作者用自己的心血写成的。王国维在《人间词话》中，借用尼采的话，说李煜是"以血书者"。而我借用尼采的话，说杜甫是"以血书者"。

人们习惯把李白和杜甫摆在一起，因为"诗仙"和"诗圣"，共同撑起唐朝诗学的顶峰，把他们摆在一起，就可以感受唐朝诗学浪漫主义和现实主义的交融。但是把他们两个人摆在一起，会让人想到郭沫若先生在 20 世纪 70 年代出版的

《李白与杜甫》，其中阐述的"扬李抑杜"的观点和立场，让人不爽。当然，人们也会想起，唐玄宗天宝三年（744年），李白、杜甫和高适在开封古吹台相聚，慷慨怀古，饮酒赋诗；也会想起同年秋，李白和杜甫梁宋会面，一起访道求仙；也会想起，天宝四年（745年）秋天，李白和杜甫在东鲁匆匆相聚，"醉眠秋共被，携手日同行"（杜甫《与李十二白同寻范十隐居》）。

我也习惯把李白和杜甫摆在一起。在杜甫的旷世佳作中，有十五首诗抒写李白；而在李白的旷世佳作中，也有四首诗描写杜甫。李白年长，杜甫小十一岁，但他们情深义重，惺惺相惜。他们都拥有唐代文人所具有的激情和气魄，但为人、写诗风格迥异。李白豪放、浪漫、天真，杜甫仁厚、忧患、真诚。我曾自问：李白和杜甫，最喜欢谁？我的感觉是景仰李白、敬重杜甫，但相比之下，我更加喜欢杜甫。

我为什么更加喜欢杜甫？就是因为他是"以血书者"。2007年7月，我游览杜甫流寓成都时的故居——杜甫草堂。在工部祠里，我伫立在杜甫半身像前，沉思良久。这座半身雕像展现的杜甫体貌消减瘦弱。我当时就想，杜甫真是忧国忧民，沥尽心血。

杜甫有很强的时代责任感。他早年曾用"葵藿倾太阳，物性固难夺"（《自京赴奉先县咏怀五百字》）来比喻他对唐玄宗的忠诚。后来，在《奉赠韦左丞丈二十二韵》中又表明了他的政治抱负："致君尧舜上，再使风俗淳。"意思是说辅

品读篇

佐君主，救济天下，使尧舜时代的清明之治在当世重现。在《北征》中，他勉励唐肃宗继承唐太宗开创的辉煌基业，表达盼望国家中兴的心愿："君诚中兴主，经纬固密勿。"在《凤凰台》中他写道："我能剖心血，饮啄慰孤愁。血以当醴泉，岂徒比清流。所重王者瑞，敢辞微命休？……再光中兴业，一洗苍生忧。"他愿意用自己的心血作为供养国家祥瑞的醴泉，为国家中兴、解救苍生，不惜牺牲自己的生命。这是封建士大夫的忠君爱国思想，但也能体现他"以天下为己任"的时代责任感。他在《自京赴奉先县咏怀五百字》中还写道："许身一何愚，窃比稷与契。""稷"是周代祖先，教百姓种植五谷；"契"是殷代祖先，掌管文化教育。他"窃比稷与契"，表明"以身许国"的雄心壮志。

可惜，他仕途历经坎坷，壮志难酬。他"麻鞋见天子，衣袖露两肘"（《述怀一首》），得到唐肃宗的嘉许，被授为左拾遗。这是一个从八品的谏官，品级不高，但属皇帝近臣，是他仅有的一次得以在朝廷权力中心任职的经历。但是，杜甫生性耿直，不善于官场周旋，后来因救房琯，使唐肃宗非常恼怒，被贬到华洲。待平息"安史之乱"收复长安后，他回到长安继续任职左拾遗，虽然尽忠职守，但也没有得到重用。不久他辞去官职，晚年贫病交加，十分潦倒。

杜甫为人很真诚。唐玄宗天宝七年（748年），他困居长安，年近不惑，入仕无望，向韦济投献诗歌《奉赠韦左丞丈二十二韵》，请求提携，说自己"读书破万卷，下笔如有神"。

这一貌似寡廉鲜耻的"献诗",并不猥琐,直言自荐,显得满怀真诚。他还说"尚怜终南山,回首清渭滨",表示他有心避世归隐,但对京城长安有不舍的心态。这是实话实说,真情表露,没有半点的虚掩。他在《客至》中写道:"盘飧市远无兼味,樽酒家贫只旧醅。肯与邻翁相对饮,隔篱呼取尽余杯。"他对普通老百姓也一样真诚相待。他在《茅屋为秋风所破歌》中,以切身的体验,推己及人,迸发出奔放的激情和火热的希望:"安得广厦千万间,大庇天下寒士俱欢颜,风雨不动安如山。"这不是无奈,是一种非现实的幻想。它建立在杜甫许身社稷、胸怀博大的思想基础上,显得十分真诚和无比高尚。

杜甫非常关注百姓的疾苦。他生活在唐朝由盛转衰的历史时期,其诗多涉及社会动荡、政治黑暗、人民疾苦,"三吏"和"三别"通过笔底波澜,写尽了民间疾苦。他以儒者的良知和勇气,传达那个时代的沉重和悲哀,反映出忧愤深广的时代特征。在《宿花石戍》中,他大声疾呼:"谁能扣君门,下令减征赋。"因为当时,百姓身受沉重的徭役赋税之苦,终日挣扎在水深火热之中。他谴责战争,在《前出塞九首(其六)》中写道:"苟能制侵陵,岂在多杀伤?"对战争给百姓带来的灾难,表示沉重的哀叹。又在《兵车行》中写道:"牵衣顿足拦道哭,哭声直上干云霄。"这是悲壮的声情和惨烈的场面,令人震撼。他痛恨腐败,在《自京赴奉先县咏怀五百字》中写道:"朱门酒肉臭,路有冻死骨。"这是对腐败现实的血泪控诉。这些都是直入人心、警策千古的诗句，也是经心血磨砺后迸发的警世声音。

这就是"以血书者"的杜甫。他忧国忧民，人格高尚，诗艺精湛。

2020年1月28日于海南儋州

从公已觉十年迟

宋神宗元丰七年（1084 年）秋，苏东坡赴汝州上任途中，拜访罢相后退居金陵的王安石，两人相见甚欢，唱和颇多，《次荆公韵四绝》便是当时的唱和佳作。

近日翻阅《苏轼诗集》，细品苏东坡《次荆公韵四绝》之三："骑驴渺渺入荒陂，想见先生未病时。劝我试求三亩宅，从公已觉十年迟。"此诗，反映了苏东坡与王安石两位文学家的惺惺相惜、一笑泯恩仇，读后感慨万千。但是，想到人们以讹传讹，说王安石害苏东坡贬谪黄州、惠州、儋州，我觉得有话要说。

元丰二年（1079 年），暮春时节，苏东坡从徐州赴湖州上任途中，按惯例写的《湖州谢表》有两句话："知其愚不适时，难以追陪新进；察其老不生事，或能牧养小民。""新政派"小人跳起来，指证苏东坡有四条"言论罪"，宋神宗下旨查办苏东坡。他七月入狱，受审四个月，无法定死罪，被贬为黄州团练副使。这就是"乌台诗案"。但是，老百姓传说，苏东坡看到王安石咏菊诗前两句："西风昨夜过园林，吹落黄花满地金。"就续写后两句："秋花不比春花落，说与诗人仔细吟。"王安石很恼火，让苏东坡被贬为黄州团练副使。明人冯梦龙编写的《警世通言》中有一篇《王安石三难苏学士》，也记有因"菊花落瓣"之争，王安石让苏东坡被贬到黄州之事。这些传说和记载都没有事实根据。

事实上，苏东坡被贬黄州之时，王安石已不在朝廷中枢执政。1076年，五十六岁的王安石被罢相，任判江宁府，退居半山园；1078年，五十八岁的王安石被封为舒国公，已不太管朝廷之事。1079年，当苏东坡因"乌台诗案"入狱时，退居二线的王安石上书皇帝为苏东坡求情："安有盛世而杀才士乎？"正如王水照、崔铭在《苏轼传》中记述的一样："元丰二年苏轼身陷台狱，王安石已不在其位，仍仗义执言，上书营救。"

苏东坡贬谪儋州，老百姓的传说中也冤枉王安石，说是苏东坡在王安石的书房看到王安石诗句"明月当空叫，五犬卧花心"，认为不合事理，遂提笔改成了"明月当空照，五犬卧花阴"。王安石回来后，发现诗句被改，就哂笑苏东坡见闻不广，让他被贬到儋州。这非常荒唐，因为苏东坡是1097年被贬到儋州，而王安石已于1086年在金陵去世。

这类传说，不仅在老百姓中流传，就是在政府的网站上都转载过。我曾在一个省级政府的网站上看过一篇名叫《狗仔花》的文章，说是"九百年前的一个夏日，宋代宰相王安石为苏东坡贬谪广东饯行，即兴赋诗一首，其中有'明月当空叫，五狗卧花蕊'一句"。这也很荒唐。因为，苏东坡被贬惠州是绍圣元年（1094年），此时王安石已去世八年了。

让苏东坡被贬到惠州和儋州的，是和他同科中进士、同年到凤翔当官的章惇。绍圣元年（1094年）四月，章惇、蔡京等人以"讥讪先朝"威名为由，让已经五十九岁的苏东坡被贬为英州知事。六月，苏东坡还在赴英州的路上，又遭贬为宁远军节度副使，惠州安置。苏东坡在惠州写了一首诗《纵笔》："白头萧散满霜风，小阁藤床寄病容。报道先生春睡美，道人轻打五更钟。"这首诗传到京城，宰相章惇笑道："苏子瞻竟然如此快活。"于是他又被贬到南荒儋州。

当然，苏东坡与王安石之间真的有相互对立的经历。我做过一些粗浅的研究，可以肯定，苏东坡对王安石的反感，最早来自他父亲苏洵的影响。他父亲苏洵无心科举也无心官场，对朝廷上呼风唤雨的王安石等人，非常鄙夷不屑，写了著名的《辨奸论》。而苏东坡和王安石对着干，那是因为他和司马光等人对王安石的变法有截然不同的主张。他多次上书神宗皇帝，论述新法之弊端，对新法进行激烈、全面的攻击，要求撤销制置三司条例司，反对青苗法、均输法、免役法和农田水利法等，甚至直说"王安石不知人，不可大用"。事情发展到文人之间钩心斗角，在王安石提出科举新法，神宗下

品读篇

019

诏讨论时，苏东坡独持异论，公开反对。

对于苏东坡的针锋相对，王安石给予以牙还牙般的回击。嘉祐六年（1061年）苏东坡、苏辙举制科时，王安石拒绝为苏辙撰写任命制书。朝廷编修《中书条例》，宋神宗对王安石说："朕想调苏轼修《中书条例》，卿以为如何？"王安石毫不讳言地说："苏轼与臣所学及议论素有歧异，不宜担当此任。"朝中元老重臣范镇推荐苏东坡担任谏官，王安石通过担任御史的姻家谢景温，弹劾苏东坡回四川奔父丧之时，多占船位，贩卖私盐和苏木。此事查无证据，纯属"莫须有"。

对于苏、王之争，我曾从他们的思想实质上进行过思考，认为他们主要是为政思想理念上的冲撞。苏东坡持有"民本"思想，认为"新法"太过，伤害民生；而王安石为的是"社稷"，要实现"富国强兵"。但是，他们在思想理念上冲撞到势不两立之时，作为有良知的人，也会有一定的反省。反省最多的应该是苏东坡，因此，司马光任宰相后欲全废王安石新法时，苏东坡主张对新法"较量利害，参用所长"，对"免役法"如何存利去害，与司马光争得面红耳赤。王安石也有反省，苏东坡贬居黄州后，他始终默默地关注着这位比他年轻十五岁的当代英才，每当碰到从黄州来的熟人，就急着追问："子瞻近日有何妙语？"

就这样，出现了金陵相会的感人一幕。陈师道《后山谈丛》卷四记载："苏公自黄移汝，过金陵，见王荆公。公曰：'好个翰林学士！某久以此奉公。'"这句话，道出了胸怀坦荡荡而不戚戚。蔡绦《西清诗话》记载："东坡自黄北迁，日与公游，公叹息语人曰：'不知更几百年，方有如此人物！'"这不是一般的感叹，而是心神的相通与相惜。过后不久，苏东坡在给王安石的信中渴望再次相见，"若幸而成，扁舟往来，见公不难矣"；还托付王安石重视秦观："愿公少借齿牙，使增重于世，其他无所望也。"

"从公已觉十年迟"。这是久经风霜、性情淳厚的苏东坡深情地对王安石说了一声："十年前我就应该追随您！"此时，北宋盛事增添了许多光彩，也让后人知道什么才是伟人的胸襟和情怀。

2020年1月5日于海南那大

品读篇

唐朝的"吹哨人"——韩愈

庚子鼠年正月，从初一至今，都在防控新型冠状病毒肺炎疫情。白天开会、值班；晚上不外出，闲着读书。找来刘真伦教授赠送我的《韩愈文集汇校笺注》（共七册），想啃一啃。

韩愈是唐代著名的文学家、哲学家、思想家、政治家，居"唐宋八大家"之首。我从《韩愈文集汇校笺注》的校注、诠释、引文中粗略地读懂一些名家对韩愈的评价。欧阳修在《记旧本韩王后》中说："学者非韩不学也，可谓盛矣。"苏轼在《潮州韩文公庙碑》中盛赞韩愈："文起八代之衰，而道济天下之溺。"陈寅恪在《论韩愈》中评说韩愈是"唐代文化学术史上承先启后转旧为新关捩点之人物也"。

这些评价，让我对韩愈产生浓厚的兴趣，之前读过的有关韩愈的诗文和名句，一下子翻动在我的脑海里。有"师者，所以传道授业解惑也"（《师说》）；有"业精于勤，荒于嬉；行成于思，毁于随"（《进学解》）；有"不塞不流，不止不行"（《原道》）；有"书山有路勤为径，学海无涯苦作舟"（《古今贤文·劝学篇》）；有"古之君子，其责己也重以周，其待人也轻以约"（《原毁》）；有"蚍蜉撼大树，可笑不自量"（《调张籍》）……突然间，我的思考停留在韩愈的《游城南十六首·遣兴》上，禁不住地吟咏："断送一生惟有酒，寻思百计不如闲。莫忧世事兼身事，须著人间比梦间。"

此诗创作于唐宪宗元和十一年（816年），内容不难理解，前两句说，美酒、闲适是人生所求，自己将终生与酒为伍，忙中偷闲，闲中取乐；后两句说，不要忧虑世上和自身的那些琐事，应该将人间当作做梦一样过。此诗太出名了，诗句足可以让北宋三个顶级名家放心"借用"。欧阳修在《减字木兰花·伤怀离抱》中写道："细想前欢，须著人间比梦间。"苏轼在《南乡子·何处倚阑干》中写道："须著人间比梦间。蜡烛半笼金翡翠，更阑。绣被焚香独自眠。"黄庭坚在《西江月·断送一生惟有》中写道："断送一生惟有，破除万事无过。"欧阳修写的是"离愁"；苏轼是写歌妓红颜薄命的孤独与自叹；黄庭坚是抒写自己被贬黔州之后，心情苦闷，想要借酒消愁的情绪。词家们的词意境都很美，但读起来，就没有韩愈的诗含意深刻，耐人寻味。

此诗显示韩愈的超世之姿、道家之风。读罢，有"愁极本凭诗遣兴，诗成吟咏转凄凉"（杜甫《至后》）的感觉。但是，细品诗句之内涵，觉得意味深长，表达的并不完全是道家思想的消极情绪。试想：消极、低落，何以"遣兴"为题？"遣兴"就是消遣兴致，这是作者梦喻世事，思索舍弃，对空幻人生的深沉喟叹，更是作者对纷纷扰扰人生目的和意义的认真探讨。他写作《游城南十六首·遣兴》时，正是五十岁，任职中书舍人。官职不大，但他一直积极上进，不会自暴自弃、借酒消愁。他应该是消遣兴致，表达自己的洒脱和坦诚。

韩愈在思想上是中国"道统"观念的确立者，是"尊儒反佛"的里程碑式人物；在文学上，反对魏晋以来的骈文，主张学习先秦两汉的散文语言，破骈为散，扩大文言文的表达功能，主张文以载道，与柳宗元同为唐代古文运动的倡导者，开辟了唐宋以来古文的发展道路。"为了挽救日益沦落的封建道德，他时刻以儒家道统的继承者自居，竭力宣扬儒家思想。"（卓希惠《韩愈对儒家思想的遵循与违逆》）因此，可以说，韩愈在他所处的时代，应该是一个"斗士"类的人物和有责任担当的人杰。

我查阅过《韩愈年谱》。韩愈幼年失怙、科举不利、为官被贬。坎坷的一生中，正直和永不放弃成为他的操守。唐代诗人白居易评价他"以性方道直，介然有守，不交势利，自致名望"；唐代诗人刘禹锡评价他"高山无穷，太华削成"；南宋学者徐钧评价他"平生胆气尤奇伟，何止文章日月光"；元末明初小说家罗贯中评价他"韩愈佛骨一表，忠谅有余，功齐孟子而力倍"。元和十四年（819年），唐宪宗派遣使者去凤翔迎佛骨，京城一时掀起信佛狂潮，韩愈不顾个人安危，毅然上《论佛骨表》，痛斥罔顾一切供奉佛骨之不当，要求将佛骨"投诸水火，永绝根本，断天下之疑，绝后代之惑"。为此，韩愈招来杀身之祸，幸得丞相裴度等人挽救，唐宪宗才准免死，把他贬至潮州。

《论佛骨表》以"佛不足事"为论点，集中表现他坚决反对唐宪宗拜迎佛骨这一举动，充分显示了他"反佛明儒"的坚定立场和英勇无畏的战斗精神。这就是责任担当。我们说起唐代知识分子的责任担当时，总是说到魏徵"直言进谏"，辅佐唐太宗共创"贞观之治"大业。综观唐朝的强盛，我们也必须为韩愈的责任担当点赞！

我在随笔《想说一说那个久远的隐逸年代》中，评说魏晋时代太残酷、战乱频仍，真正的文人不能展示自己的才华，不得不放浪形骸、纵情自然、背叛社会的主流价值，同时也指出知识分子时代责任担当的重要性。魏晋名士好酒、纵情，他们真的是百计偷闲、醉生梦死，因为，在当时的社会背景下，他们无法展示才华，也没有时代的责任担当。但是，唐朝的韩愈不是这样，作为一个有良知的知识分子，他有时代的责任担当，他为那个时代的发展"吹哨"和"践行"。

可以说，韩愈是唐朝的"吹哨人"。

2020 年 2 月 10 日于海南儋州那大

品读篇

当行本色的"千古第一才女"

宋代著名女词人李清照才华横溢，巾帼不让须眉，被誉为婉约词派代表、"千古第一才女"。但是因她的个性化，授人口实，令人闲是闲非。

有人说她是"酒鬼"，就因她在词作中频繁使用"酒"的意象，两首《如梦令》就分别写了"浓睡不消残酒"和"沉醉不知归路"。有人说她"好赌"，就因她在《打马图经序》中写道："予性喜博，凡所谓博者皆耽之昼夜，每忘寝食。但平生随多寡未尝不进者何，精而已。"有人说她"好色"，就因她在《点绛唇》中，对来客"倚门"窥视，少女怀春，有轻浮气息；在《丑奴儿》中，含情脉脉地对丈夫弹琴求爱。有人说她是"泼妇"，就因她在丈夫去世后，四十九岁时再嫁张汝舟，不久宁可坐牢也"告夫"并"休夫"……这些都是无稽之谈，说法荒谬至极。

人们为什么这样对她妄议诋毁？应该是李清照德高而毁

来，也应该是世俗对于一个女人的谣诼诬谤。纵观李清照的人生经历，她所处的时代容不下她，但也离不开她。正如余秋雨在《北大授课》第四十二课《一群疲惫的文学大师》中所说的："时代容不下她，她却成为时代的代表。"后来的时代也不放过她，但人们不得不肯定她的文学地位和影响。正如明代杨慎所说的："宋人中填词，李易安亦称冠绝。"清代沈谦在《填词杂说》中将李清照与李后主并提说："男中李后主，女中李易安，极是当行本色。"近代胡适在《国语文学史》中称："李易安乃是宋代一个女文豪。"

我最早对李清照的认识是读她写的《夏日绝句》："生当作人杰，死亦为鬼雄。至今思项羽，不肯过江东。"读后，对于诗中表达的豪杰之士慷慨殉难的壮怀豪情，感触极深。后来，特别喜欢她的词，写了《"瘦"出自己的风格》，阐述她的作品常用一个"瘦"字，用得细腻，用得深情；"瘦"得情真意切，"瘦"出了自己的风格。2009 年 10 月 14 日，我在济南趵突泉公园，瞻拜心仪已久的李清照纪念堂，缅怀这位曾"词压江南，文盖塞北"的"词国皇后"。

最近，我对李清照的词作和人生经历，进行比较深入的思考，又有了更深的感悟。我比较认同的观点就是陈迩冬先生在《宋词纵谈》中所说的："李清照不是女神，不是女奴，而是女人。"李清照生于书香门第，少年便有诗名，才力华赡；成长后，才华横溢，誉满文坛，风格独到，成为一代文豪。但是，她没有"女神"的飘逸或至尊。她的一生，伴随

品读篇

着北宋灭亡政权南迁，经历了前半生无忧、后半生凄苦的跌宕起伏。她不是"女奴"，因为她没有被束缚在"三从四德"的狭窄天地，才、学、识达到一般古代妇女难以达到的高度。她就是一个"女人"，少女时性格开朗，豪爽潇洒；长大后多愁善感，清丽娟秀；战乱中，丧夫流离，孤独悲哀。

我比较赞成冷成金教授在《唐诗宋词研究》中所说的："李清照在当行本色中展现闺情、爱情、别情和国破家亡之情。"她出生于士大夫家庭，父亲李格非是著名文豪苏轼的门下，母亲是状元王拱宸的孙女，出嫁后与丈夫赵明诚共同致力于书画金石的搜集整理。她有丰厚的物质基础、闲适的生活条件和深厚的文学根底，但是她的命运与国家的命运相关，与亲人生死离别相连，面对国破家亡，她无法安生。因此，旷世之才和大起大落的人生经历，练就了她直面人生，敢说、敢写、敢做的性格。作为一个词人，她经历战乱、生活于动荡的封建王朝的高层，又处在社会思想的制高点，她看到了许多别人看不见的事情，追求一些别人不曾追求过的境界。她在当行本色中抒写闺情、爱情、别情和国破家亡之情，前期作品反映她的闺中生活和思想感情，题材集中于写自然风光和离别相思；后期作品主要抒发念旧、怀乡、悼亡、思国的情感，表达自己在寂寞生活中的浓重的哀愁和孤独的惆怅。

从她的作品，我们不难看出，她以平民之身，思公卿之责、念国家大事；以女人之身，求人格平等、追爱情之尊。从她的人生经历，我们可以发现，她背着沉重的国难、家难、婚难和学业之难，凡封建专制所造成的政治、文化、道德、婚姻、人格方面的冲突、磨难都折射在她那黄花般瘦弱的身子上。正因为如此，她无论对待政事、学业、爱情、婚姻，都决不随波逐流，也决不凑合入俗。她从不会作媚假传声地表态或逢场作戏随意敷衍，为人处事都体现内心的真诚，在生活的磨砺和文学的陶冶中造就了她豪放、刚烈、好胜、达观的个性，而她的个性又如熠熠闪光的钻石，具有多面性和繁复性，既开明又传统、既快乐又忧伤、既坚强又脆弱。

可以说，她当行本色，铮铮傲骨，热血豪情。她将"语尽而意不尽，意尽而情不尽"的婉约风格发展到了词作巅峰，赢得了婉约派词人"宗主"的地位，让人"眼热"。她写的《浯溪中兴颂诗和张文潜二首》，笔势纵横地评议前朝的兴废，借嘲讽唐明皇，告诫宋朝统治者别忘前车之鉴，令人拍案叫绝，但也使皇族和官僚们不爽。她写了一篇《词论》，把前辈柳永、张先、宋祁、晏殊、欧阳修、苏轼、王安石、秦观、黄庭坚等人都挨个儿批评了一遍，并说自己的词是"别是一家，知之者少"，为此得罪了同时代的众多文人墨客。

自然而然，一些封建士大夫，不愿意接受她的豪放、刚烈、好胜、达观，也无法理解她那超越时空的孤独和无法解脱的悲哀。但是，人们不得不肯定，她是当行本色的"千古第一才女"。

2020年6月3日于儋州那大

品读篇

吟啸徐行 ——苏东坡的音乐情怀

最近，我在位于海南省澄迈县老城开发区的华东师范大学澄迈实验中学，给一个音乐卓越教师工作室的全体成员和澄迈县的部分中学音乐教师作一次关于"东坡文化"的讲座，主题是"苏东坡的音乐情怀"。效果比较好，很多人反馈说"很精彩""受益匪浅"。

在澄迈老城讲授"东坡文化"，我觉得非常有意义，因为在澄迈老城这块热土上，曾经深深地留下苏东坡的足迹。绍圣四年（1097年）四月十七日，苏东坡得"琼州别驾"昌化军安置诰命，就与家人和好友诀别，携幼子苏过，踏上"贬儋"之路，六月渡海登陆，在澄迈老城驿站通潮阁作短暂的停留。元符三年（1100年）六月，遇赦北归的苏东坡又在通潮阁停顿几日，写下了《移廉州由澄迈渡海元符三年六月二十日》《澄迈驿通潮阁二首》等诗篇，抒发他与海南人民依依不舍的感情。

苏东坡不仅是著名诗人、散文家、书法家、画家，还是一位著名的音乐家。他贬谪黄州后第三年的三月七日，与友人郊游，在沙湖道上遇雨，拿雨具的仆人早已离开，同行的人都狼狈奔走，但他坦然地慢慢行走，洒脱地吟咏《定风波》：

莫听穿林打叶声，何妨吟啸且徐行。竹杖芒鞋轻胜马，谁怕？一蓑烟雨任平生。

料峭春风吹酒醒，微冷，山头斜照却相迎。回首向来萧瑟处，归去，也无风雨也无晴。

这是苏东坡借雨中潇洒徐行之情景，表现自己处于逆境屡挫之时，不畏惧、不颓丧的倔强性格和旷达胸怀。"莫听穿林打叶声，何妨吟啸且徐行"，这是对苦难的傲视、对痛苦的超越；"竹杖芒鞋轻胜马，谁怕？一蓑烟雨任平生"，这是豁达、乐观、洒脱的人生态度。可以说，"吟啸徐行"，是他的为人风格和人格魅力，也是他的音乐风格和音乐情怀。

后人也非常推崇他"吟啸徐行"的音乐情怀，《定风波·莫听穿林打叶声》一直得到传唱。我在讲座中，播放了黄绮珊演唱的版本和吴彤演唱的版本，大家听后对于苏东坡"吟啸徐行"的音乐情怀有了很好的感受。但我认为，这两个版本都没能很好地表达苏东坡作为智者在苦难中自我超越的心

品读篇

境。毕竟他离现在太久远，现代人无法真正理解他的"诗心"和"情怀"。在交流中，有一位老师说：黄绮珊演唱的版本落入"流行之风"，吴彤演唱的版本有"轻浮之感"。我基本上赞同她的看法。

我粗略地从苏东坡创作的二千四百多首诗、三百多首词及大量的文（赋）中寻找，发现他涉及音乐活动的诗、词、赋、文作品有五十多篇；与歌咏和古琴有关的诗、词、赋、文作品有八十多篇；与筝、琵琶、笛子等器乐有关的诗、词、赋、文作品有一百多篇。他把音乐与诗、词、赋、文融合一起，在诗、词、赋、文中浸透着优美的音乐旋律，不管你是低吟浅唱还是激情高歌，你享受的是文学的魅力也是音乐的美餐。

他严于家教的母亲程夫人，要求他从小就像古人一样学"六艺"、学"诗琴书画"。他在《阮籍啸台在尉氏》中描写阮籍"醒为啸所发，饮为醉所昏"。他学阮籍"吟啸"，但没有学阮籍"醉昏"。何为啸？《集韵》中说，"啸，吹气若歌"；《辞源》说"啸，嘬口出声"；现代《新华词典》直接将"啸"解释为"打口哨"。此"口哨音乐"，始于商末，盛于魏晋，衰于宋末。生活于宋代中期的苏东坡特别喜爱"啸"，吟啸伴随着他的一生。他"清晨无风浪自涌，中流歌啸倚半酣"（《自金山放船至焦山》）；"下有隐君子，啸歌方自得"（《岐亭五首》）；"半日偷闲歌啸里，百年暗尽往来中"（《次韵张琬》）。苏东坡"啸功"深厚，有道士在道观为他专设"啸轩"，助其练习道家内丹术。他在《定惠颙师为余竹下开啸轩》中写道："饮风蝉至洁，长吟不改调。""阮生已粗率，孙子亦未妙。道人开此轩，清坐默自照。"经过佛家之禅坐和道家内丹术练习后，苏东坡自信其"啸术"已超过先贤。可以肯定，他的父亲对他的音乐发展，也有很大的影响。他在《舟中听大人弹琴》中写道："弹琴江浦夜漏永，敛衽窃听独激昂。"他一定是特别喜欢父亲弹琴，所以"窃听独激昂"。这是父亲对儿子潜移默化的教育。

苏东坡具有很高超的音乐鉴赏水平。他描写其父苏洵弹琴"微音淡弄忽变转，数声浮脆如笙笛"；他赞杨士昌吹箫"其声呜呜然，如怨如慕，如泣如诉"；他描述乐工演奏琵琶"凛然有冰车铁马之声"。他写过一首著名的琴诗《题沈君琴》："若言琴上有琴声，放在匣中何不鸣？若言声在指头上，何不于君指上听？"这首诗阐述了"琴"与"声"的关系，说明了"意"与"象"的哲学问题，也隐含着"乐发乎心"和"得其意而忘其言"的艺术审美思想。

他具有高水平的表演能力和创作水平。他在《润州甘露寺弹筝》一诗中描述他与官妓胡琴在北固山多景楼上，合奏《芳春调》。金山寺"妙高台"由佛印凿岩而建。建成后，苏东坡应好友佛印之邀，一起赏月。当晚，皓月当头，袁绹演唱《水调歌头·明月几时有》，苏东坡随着歌声翩翩起舞。他创作《蝶恋花·花褪残红青杏小》，偶尔与至爱王朝云一起吟唱。据《林下词谈》记载："子瞻在惠州，与朝云闲坐。时青女（霜

033

神）初至，落木萧萧，凄然有悲秋之意，命朝云唱'花褪残红'。朝云歌喉将啭，泪满衣襟。子瞻诘其故，答曰：'奴所不能歌，是枝上柳绵吹又少，天涯何处无芳草也。'"他为别人创作琵琶歌词，在《与朱康叔书》中写道："章质夫求琵琶歌词，不敢不寄呈。"

苏东坡喜欢各类器乐曲。在苏州邱太守的家中，笛子演奏家赵晦之为他演奏一首笛子曲，他为了答谢创作了《水龙吟·赠赵晦之吹笛侍儿》；进士李委仰慕苏东坡诗名，借苏东坡生日祝寿之时为他吹奏笛子，苏东坡写诗《李委吹笛》以示答谢。笙是古老的乐器，传说由女娲娘娘始造，苏东坡喜欢笙曲，于是写作《瓶笙诗》记之。他爱箫，在《前赤壁赋》中写道："客有吹洞箫者，倚歌而和之。"清代赵翼考证吹箫者是杨世昌，他是苏东坡非常喜欢的音乐人。

苏东坡就是这样，与音乐相随相伴，吟啸徐行。在吟啸徐行中，他忧国忧民，求实求真，超然豁达，洒脱自如。

2020 年 7 月 19 日于儋州那大

"酒趣"独特的苏东坡

近期，在我的生活圈子里，酒桌上经常谈论的是苏东坡的"酒趣"。这个话题，我非常感兴趣，因为我一直认为，宋词是一坛酒，苏东坡酿着酒、喝着酒、吟着酒、醉着酒，然后故事多多，"酒趣"独特。

苏东坡用三百七十七个字写了《东坡酒经》，言简意赅，记述了他酿制黄酒的过程。在叶梦得的《避暑录话》中也记载了他在惠州时酿酒的一些趣事。苏东坡撰写《稚酒赋》，记录了潮州的酿酒古法："南方酿酒，未大熟，取其膏液，谓之酒子，率得十一，既熟，则反之醅中。"他发明了"真一酒"，原料十分简单，用米、麦、水即可，喝起来"三杯俨如侍君王"（苏东坡《真一酒歌》）。他为什么酿酒？一是自乐；二是与众同乐。他在《饮酒说》中说："然甜酸甘苦，忽然过口，何足追计？取能醉人，则吾酒何以佳为？但客不喜尔，然客之喜怒，亦何与吾事哉！"意思是说，酒是给自己酿的，能符合自己的"审酒"取向就好，至于客人喜欢不喜欢，不关我的事。这好像有点耍赖，但其实是他胸有成竹。

苏东坡仰慕陶渊明的"酒隐"，经常"逢花对酒""举杯邀明月"。他在《书渊明饮酒诗后》中，笑谈自己虽然酒量差，但并不妨碍尽得"酒趣"，"饮一盏而醉，醉中味与数君无异"。宋神宗熙宁七年（1074年）十月，他由杭州通判调任密州知州，在艰难跋涉的旅途中写下了《沁园春·孤馆灯青》，词中的"身长健，但优游卒岁，且斗尊前"，表达了他从容不迫、饮酒作乐、悠闲度日的"酒隐"态度。他喜欢阮籍的豪饮，在《阮籍啸台在尉氏》中，他描写阮籍"醒为啸所发，饮为醉所昏"。他学阮籍"吟啸"，是一个"吟啸"高手，但他没有学阮籍"醉昏"，因为宋朝盛世还能给予他一些展示自我的天地。

苏东坡吟啸徐行，一蓑烟雨任平生，词在心里，酒在骨里。大致一算，《苏东坡全集》中"酒"字一共出现过九百二十四次；他留给后人的三百余首词中，出现"酒"字八十次。出现"酒"字的名篇，大多数是他中晚年时，饱经沧桑后创作的作品。当然，他的早年作品也吟咏酒。我查阅一些他的早期作品，在三苏《南行集》中，他就写了"舟中无事，博弈饮酒""蓬窗高枕雨如绳，恰似糟床压酒声""只应滩头庙，赖此牛酒盈""地炉火暖犹无奈，怪得山林酒价高""春风吹酒熟，犹似汉江清"。因此可以说，他的"吟酒"情怀，伴随着他的一生。

苏东坡的酒量不佳，很容易就会喝得酩酊大醉。宋神宗元丰元年（1078年）九月九日，时任徐州知州的他，在彭城举办了黄楼诗会，请来众多诗友齐聚一堂。诗会结束时，他已是半醉，但兴致不减，又随众人去黄茅冈游玩。当晚，他醉卧在黄茅冈的大石头上，写了著名的七句诗《登云龙山》："醉中走上黄茅冈，满冈乱石如群羊。冈头醉倒石作床，仰看白云天茫茫。歌声落谷秋风长，路人举首东南望，拍手大笑使君狂。"元丰五年（1082年），他在黄州时的一个晚上，醉了又醒，醒了又醉，夜归临皋亭，敲门无人应答。他拄着拐杖伫立在紧闭的自家大门前，听着屋后江水奔流的声音，想着自己多舛的命运，有感而发写下了名篇《临江仙·夜归临皋》："夜饮东坡醒复醉，归来仿佛三更。家童鼻息已雷鸣。敲门都不应，倚杖听江声。长恨此身非我有，何时忘却营营？夜阑风静縠纹平。小舟从此逝，江海寄余生。"

但是，苏东坡并不嗜酒，酒对于他来说，是助兴、消遣、抒郁。这样的爱好，好像与其他古代的文人墨客没有太大的区别，但是，他的"酒趣"非常独特，独特到耐人寻味，值得考究一番。

我查阅《苏东坡全集》，他在《书〈东皋子传〉后》中说："余饮酒终日，不过五合，天下之不能饮，无在余下者。然喜人饮酒，见客举杯徐引，则余胸中为之浩浩焉，落落焉，酣适之味，乃过于客。闲居未尝一日无客，客至未尝不置酒，

品读篇

天下之好饮，亦无在余上者。"我闭上双眼，想象一个酒量不大的人，"举杯徐引"而胸中"浩浩焉""落落焉"的"酒趣"；我反复演习"举杯徐引"的动作和神态，既痴情又不禁傻笑；我多次刻意地寻找胸中"浩浩""落落"的饮酒感觉，似曾相识，但有点附庸风雅。

我认为，魏晋时的"建安七子"和"竹林七贤"，嗜酒如命，但只知豪饮，借酒放纵，"酒趣"有时真的不雅，没有苏东坡的"酒趣"雅致。"怪异"的酒仙刘伶，写了《酒德颂》，短短几十个字就表明一个意思——"唯酒是务，焉知其余"，没有苏东坡的浩然情怀；对于刘邦得天下不屑一顾，叹息"时无英雄，使竖子成名"的阮籍，以酒避祸，情到深处孤独痛哭，没有苏东坡的洒脱大度。我可以肯定地说，孔夫子在《论语》中说的"惟酒无量，不及乱"，显得非常雅致和慎重，但没有苏东坡"天下之好饮，亦无在余上者"的自信。我觉得，李白"五花马，千金裘，呼儿将出换美酒，与尔同销万古愁"（《将进酒》）的"酒趣"豪迈到言不由衷，没有苏东坡的"使君能得几回来。便使尊前醉倒、且徘徊"（《虞美人·有美堂赠述古》）更有真情实感；我还觉得，欧阳修"醉翁之意不在酒，在乎山水之间也"（《醉翁亭记》）的"酒趣"好像有点矫情，没有苏东坡"带酒冲山雨，和衣睡晚晴"（《南歌子》）显得实在。

从《苏东坡全集》中，我还查阅到苏东坡晚年从惠州贬谪儋州的途中写的《浊醪有妙理赋》。此赋的标题借用杜甫

《晦日寻崔戢李封》里的句子"浊醪有妙理，庶用慰沈浮"，意思是说，酒的妙处就是可以让人忘却世间的名利得失。这首律赋中还写道："酒勿嫌浊，人当取醇。失忧心于昨梦，信妙理之凝神。浑盎盎以无声，始从味入。杳冥冥其似道，径得天真。伊人之生，以酒为命。常因既醉之适，方识此心之正。"这是他借酒言道，通过独特的"酒趣"境界，表现自己旷达酣适的人生态度。

我想，这样的"酒趣"境界，只有苏东坡才能达到。

2020年秋夜，酒后于那大静我斋

品读篇

"诗佛"不是"佛诗"

　　读余秋雨《北大授课》，当读到北大学子给唐代诗人排名，王维挤进前三在李白、杜甫之后时，我是赞同的。传统的前三排名是李白、杜甫、白居易，"诗佛"王维挤出白居易，形成诗仙、诗圣、诗佛的排序，最能反映唐代诗歌的强盛和特点。对于这一排序，余秋雨先生说："这是唐诗在一批不笨的当代中国青年心中的存活排序。"

　　"诗佛"王维，字摩诘，号摩诘居士，世称"王右丞"。他少年高第，开元九年（721年）一举夺魁，成为新科状元，在杜甫未出名而李白还在蜀中时已名噪京华。《新唐书·王维传》称其"名盛于开元、天宝间，豪英贵人虚左以迎，宁、薛诸王待若师友"。他参禅悟理，精通诗、书、画、乐，山水诗和军旅诗甚为出名。北宋苏东坡评价："味摩诘之诗，诗中有画；观摩诘之画，画中有诗。"宋代词人秦观在《摩诘辋川图跋》中自述以读王维之诗、观王维之画来疗治其心理的创伤。

关于王维信佛，两唐书在王维传中都有他奉佛的明确记录。《旧唐书·王维传》曰："维弟兄俱奉佛，居常蔬食，不茹荤血。晚年长斋，不衣文彩。"《新唐书·王维传》曰："兄弟皆笃志奉佛，食不荤，衣不文彩。"他的一生充满苦难、矛盾、痛苦，晚年的诗中写道："一生几许伤心事，不向空门何处销？"清初文坛领袖王渔洋在《唐贤三昧集》里把他称为"诗佛"，在《蚕尾续文》里又说："王裴辋川绝句，字字入禅。"

历代对于王维诗的评价都是"以禅喻诗"。明朝文学家、诗论家胡应麟在《诗薮》中说："右丞辋川诸作，却是自出机轴，名言两忘，色相俱泯。"清代学者黄叔灿在《唐诗笺注》中说："辋川诸诗，皆妙绝天成，不涉色相。"他们是以般若空观、色空相寂的佛家观来评论王维居住辋川时的诗作，这是给王维的诗贴上"佛诗"的标签。清人徐增在《而庵说唐诗》中说："摩诘精大雄氏之学，句句皆合圣教。"清人牟愿相在《小澥草堂杂论诗》中说："王摩诘诗如初祖达摩过江说法，又如翠竹得风，天然而笑。"这样一来，"佛诗"的标签就贴得越来越大了。

我认为，对于"诗佛"王维的诗，不能都把它当作"佛诗"来理解，因为"诗佛"写的并非都是"佛诗"。清人沈德潜《说诗晬语》卷下七十一说："王右丞诗不用禅语，时得禅

品读篇

理。"他说的是王维诗的艺术境界，并非直说王维写"佛诗"。王志清先生在《王维诗选》中指出，王维以诗的形式而作哲学的思考，其所特别关注的是生命与生存的终极意义的探寻。他还指出，古人常用"禅"喻王维诗，认为其诗"不用禅语，时得禅理"，其实这不是将王维的诗神秘化，更不是以此来直接对应佛教的空幻寂灭，而是将其诗哲学化与妙悟化。我认为王志清先生说得很好。

佛教发源于古印度，大约于西汉末年传入我国，然后与我国传统文化相互矛盾，相互吸引，在冲突中融摄。王维等古代文人习惯从佛教、道教的立场出发，把山水视为领悟哲理的桥梁，喜欢写山水诗，并在诗中蕴涵着一种追求理趣的倾向。正如冷成金教授在《唐诗宋词研究》中的阐述："王维自佛禅老庄而获得了灵犀，又将禅理与诗情相融通，化育了他的山水田园诗，使其显示出了特异的风格。"

事实上，王维创作的一些诗句，意境深微虚幻，湛然空明，空灵流动，充满禅意的暗示性。比如："空山不见人，但闻人语响"（《鹿柴》）；"人闲桂花落，夜静春山空"（《鸟鸣涧》）；"兴来每独往，胜事空自知"（《终南别业》）；等等。人们把他在诗中所传达的"寂灭""顿悟""空无""幻灭"等生命体验理解为"禅意"，这应该有一定的道理。但不能把所有的哲理当作"禅意"。"应物斯感，感物吟志，莫非自然。"（《文心雕龙》第六篇《明诗》）王维的一些山水诗，随感吟咏，非常自然，哲理性很强，但寓意明了，不见得都是空灵虚幻。

我们从王维流传至今的四百余首诗中，可以看出他创作的很多诗句也是写实的，并非像人们所说的："往往陶情风景，缺乏社会内容。"比如：

> 独在异乡为异客，每逢佳节倍思亲。
> 遥知兄弟登高处，遍插茱萸少一人。
>
> ——《九月九日忆山东兄弟》

王维开元五年（717年）写作此诗，那时他才十七岁。他写出了游子的思乡怀亲之情，没有空灵之感。诗意反复跳跃，含蓄深沉，既朴素自然，又曲折有致。

> 红豆生南国，春来发几枝。
> 愿君多采撷，此物最相思。
>
> ——《相思》

他写《相思》，应该是一气呵成，极为明快又委婉含蓄，朴素无华，自然入妙，也没有空灵虚幻之感。

> 渭城朝雨浥轻尘，客舍青青柳色新。
> 劝君更尽一杯酒，西出阳关无故人。
>
> ——《送元二使安西》

品读篇

"劝君更尽一杯酒，西出阳关无故人"已成为千古名句，诗句深刻表达临行劝酒中蕴含的情感，强烈、深挚、实厚。语言明朗自然，洗尽雕饰；意境情景交融，韵味深永。此诗被人们披以管弦，殷勤传唱。

君自故乡来，应知故乡事。

来日绮窗前，寒梅著花未？

——《杂诗》

诗人思念故乡是情理之事，而喜欢梅花则溢于言表。他信手拈来，自然天成，虽然饱经沧桑，心态坦然，但也没有空灵流动之情调。

后世一直有"李白是天才，杜甫是地才，王维是人才"之说。说他是"人才"，是因为他诗、书、画、乐等都有很高的造诣，特别是他"诗中有画"的艺术境界，独特又细致。如果把王维的诗都当作"佛诗"来理解，就很难突出他的"人才"地位，也会误导人们按图索骥，刻意地去"读诗解禅"。

显然，先入为主，以"解禅"的心态去读王维的诗，是不可取的。

2021年2月13日夜于儋州

天公不惜性情人

一

陈寅恪（1890—1969），字鹤寿，江西省修水县人，是中国现代集历史学家、古典文学研究家、语言学家、诗人于一身的百年难见的人物。他家学渊源，祖上是源远流长的义宁陈氏；祖父是晚清政治家陈宝箴，曾官拜湖南巡抚，是清末"新政"的改革者，著名维新派骨干；父亲是民国著名诗人陈三立。1937年7月，抗日战争爆发，日军直逼平津，他父亲义愤绝食，不久便溘然长逝。

陈寅恪多次游学海外，眼界扩及东西洋，学贯中西，成就卓越。著名历史学家傅斯年说："陈先生的学问，近三百年来一人而已。"文史大师梁启超说："我梁某算是著作等身了，但总共著作还不如陈先生寥寥数百字有价值。"可惜的是，陈寅恪中年以后疾病缠身，先是目盲，后又膑足，但是，他一直爱国敬业，性情耿直。晚年，国家给他安排了助手，在助手的鼎力相助下，他坚持历史、文学、宗教等领域的学术研究，成果斐然。

说来，才疏学浅的我，是不够资历也没有水平品评陈寅恪的人生经历和学术成就的，但景仰之时，总觉得是天妒英才，天公不惜性情之人，而感慨万千。陈寅恪的诗中写道："天其废我是耶非，叹息茕弘强欲违。"他也觉得天意令其残废，做手术不过是逆天而行，所以终究没有成功。他很无奈，但也坦然面对，自叹："闭户寻诗亦多事，不如闭眼送生涯。"我夜读之时，感慨不已，以诗为叹：

渊源成就亦凡身，尘世难容君眼神。

国有英才真万幸，天公不惜性情人。

二

牛年春节期间，海南没有发生疫情，但"外防输入，内防扩散"的防疫措施很严谨。过年不能太多地走动，因此从网上购书，打算啃书过年，自找乐趣。

我购置的书目不少，与陈寅恪有关的书就有两部，一部是胡文辉先生编写的《陈寅恪诗笺释》；另一部是陈寅恪晚年创作的《柳如是别传》。选购《陈寅恪诗笺释》，是因为自己喜欢古体诗又推崇陈寅恪"以诗文证史"的学术理念；选购《柳如是别传》，是因为十分好奇，为什么一代文史宗师为风

尘之钱柳情缘立传？其实，这两部书都有同样的话题，因为
《柳如是别传》是"以诗文证史"的范例。

我就是想，通过阅读与陈寅恪有关的书籍，试着思考一
下陈寅恪"独立之精神，自由之思想"的思想内涵，然后羞
涩地说说自己的感受。但是，逐句通篇地阅读，也很难进入
陈寅恪先生的心境。也许他的心扉，只为他的学术打开，闭
门静心做学问，就是他的"独立"和"自由"。正如他的诗中
写到的，"闭户高眠辞贺客，任他嗤笑任他嗔""人间不会孤
游意，归去含凄自闭门"。

我手捧书卷，因景仰之情而感觉百般亲切，而深思之时
又不好过多地想象。以诗为记：

> 久经景仰万般亲，逐句通篇已几轮。
>
> 笺释难明诗史意，深思恐乱圣贤人。

三

陈寅恪治学严谨又非常有个性，公开表明"四不讲"：前
人讲过的，我不讲；别人讲过的，我不讲；外国人讲过的，
我不讲；我自己过去讲过的，也不讲。他潜心学问，不求显
达，在悼念王国维的悼词中提出"独立之精神，自由之思想"
的观点，并一直追求"独立精神"和"自由思想"境界。我
个人理解，陈寅恪所说的应该是学术上的"独立"和"自

由"，因为只有"独立"和"自由"，学术才能更好地创新和发展。他工作严谨，生活朴实，没有思想上的放纵，也没有自由主义的个人追求。他执守的应该是做人和学术上的良知。执守良知形成了他的个性，而豪情壮志又激发他长吟浅唱，哪怕是寂寞时也吟唱不休。

我觉得一个人执守良知又形成自己的个性，真的不容易，正如陈寅恪的诗中写到的，"自由共道文人笔，最是文人不自由"。以诗为赞：

> 坚持不讲为求真，独立自由可创新。
> 执守良知成个性，豪情壮志任长吟。

四

之前也读过陈寅恪的一些书籍。他的文集中读过《读书札记一集》《读书札记二集》《读书札记三集》等，体会过他"读书不肯为人忙"的心境；他的专著中读过《元白诗笺证稿》，对他"以诗文证史"的学术理念有所体会。我也读过刘斌编写的《寂寞陈寅恪》，对陈寅恪的人生经历和思想品质有了一定的感悟。他寂寞而怀旧，感叹着"读史早知今日事，对花犹忆去年人""惆怅念年眠食地，一春残梦上心头"；他也有心花怒放之时，感慨着"灿灿池荷开正好，名园合与寄吟身""花前杖策听莺语，清兴来时妙句成"；他求真向善，以书为伴，独创诗文证史，专心致志，感受着"天赋迂儒自圣狂，读书不肯为人忙。平生所学宁堪赠，独此区区是秘方"。以诗为感：

> 求真向善显精神，独创诗文证史新。
> 寂寞人生书为伴，埋头不觉有佳邻。

2021 年初春于儋州那大

品读篇

苏洵，一位格局远大的父亲

林语堂说："像苏东坡这样的人物，是人间不可无一难能有二的。"法国《世界报》组织评选1001—2000年间的"千年英雄"，全世界一共评出十二位，苏东坡名列其中，是唯一入选的中国人。著名"苏学"专家、复旦大学教授王水照先生在《永远的苏东坡》中说：苏东坡是"百科全书式"的人物，是综合型的知识分子精英。对于这些说法，可能争论不多。但是，是谁培养了苏东坡？这个问题绝对争论不休。

人们会各抒己见，振振有词地列举很多事实，大概会有这些：一是苏东坡所处的年代，有着物竞天择的社会背景，有利于人才脱颖而出；二是苏东坡得益于严管厚爱的家庭教育；三是苏东坡是智者，有豁达心态，能在重重苦难中超越自己；四是北宋是文运兴旺的历史时代。这些结论中，人们达成共识的应该是家庭教育对他的影响。但是，人们在这个问题上，往往会抬高他母亲程夫人对他的教诲而贬低他父亲苏洵对他的影响。

苏东坡母亲程夫人对他的教诲记载于《宋史·苏轼列传》，说是："生十年，父洵游学四方，母程氏亲授以书，闻古今成败，辄能语其要。程氏读东汉《范滂传》，慨然太息，轼请曰：'轼若为滂，母许之否乎？'程氏曰：'汝能为滂，吾顾不能为滂母邪？'"而贬低他父亲对他的影响，主要是因为南宋王应麟编写的《三字经》（存疑），历代又有人作了补充，让后人有一个认识："苏老泉，二十七。始发愤，读书籍。"

事实上，苏东坡的母亲程夫人的确是一个优秀的人。司马光在《苏主簿夫人墓志铭》中说她"喜读书，皆识其大义"；苏辙在记述他的母亲时写道："生而志节不群，好读书，通古今，知其治乱得失之故。"而苏东坡的父亲苏洵，青少年时有点吊儿郎当。欧阳修在《老苏先生墓志铭》中说他"独不喜学，年已壮犹不知书"；苏洵本人在《祭亡妻文》中也自诉"昔予少年，游荡不学，子虽不言，耿耿不乐，我知子心，忧我泯没"。

虽然这样，我们也不能贬低苏洵对苏东坡的教育和影响。我认为，在孩子的教育问题上，苏洵是一位格局远大的父亲。对于苏东坡的教育，他有远见卓识，并身体力行。他自己读过很多书，也走过很多弯路，在自学的路上摸索出一条独到的学习之路，知道什么书该读，什么书应精读。他引导孩子们的人生志向，培养孩子们的高雅兴趣，营造一种宽松而向上的读书氛围，以身作则带动孩子们养成不拘泥于礼教而开拓进取的卓然之气。

　　苏洵和程夫人生了三男三女，长男、长女、次女夭折，小女儿八娘因夫家虐待而早逝，他们百般呵护、悉心培养苏东坡兄弟俩。关于他们的家境，苏东坡在《答任师中家汉公》中写道："门前万竿竹，堂上四库书。高树红消梨，小池白芙蕖。常呼赤脚婢，雨中撷园蔬。"这是一个小康的书香之家，有优雅的环境，也有丰富的藏书。他们希望两个儿子出人头地，建功立业。苏洵在《名二子说》中，以"车轼"与"车辙"的原理，对二子之名的含义加以解说，用象征的手法，巧妙地指出兄弟二人各自的性格特征，对他们进行告诫和勉励，同时也表达了自己的担忧和期望。他希望苏轼像"车轼"一样，不要那么显山露水，不要那么锋芒毕露；希望苏辙像"车辙"一样，能够妥善地处理祸与福的关系。

　　苏东坡八岁时，苏洵就安排他进入当地有名的私塾——天庆观北极院读书，师从名师张易简。苏东坡读书刻苦，一百二十卷的《汉书》，他边读边抄。他手抄两遍，既加深记忆，又练习了书法。苏东坡十岁时，苏洵命其属文《夏侯太初论》，写出"人能碎千金之璧，不能无失声于破釜；能搏猛虎，不能无变色于蜂虿"之句，语意警拔，才气颇显。苏东坡十六岁时，苏洵把他送到青神交给青神中岩书院的主讲王方。苏东坡在青神中岩书院求学大有长进，后来成了王方的女婿。可以说，苏洵让苏东坡自小就享受优质的教育。苏洵游学之时，也经常把苏东坡兄弟俩带在身边，以增长他们的见识。1056年，苏洵带着苏东坡兄弟俩到成都拜访知府张方平。张方平看中苏东坡兄弟俩的才华，一起交流学习《汉书》的心得，然后给当朝的礼部侍郎、翰林学士欧阳修和枢密使韩琦分别写了推荐信。刘小川《苏轼叙述一种》写道："苏洵的发愤和远游，为大儿子苏轼提供了两种财富：书籍的氛围，世界的广阔。"

苏洵严格地要求苏东坡认真读书。苏东坡贬谪儋州时，已是六十二岁，但梦里还出现五十多年前父亲严厉要求他读书的情景："夜梦嬉游童了如，父师检责惊走书。"（苏轼《夜梦》）刘川眉先生在《眉山苏洵》一书中说："苏洵教子读书，具有很强的针对性和鲜明的特色。他根据儒家的教育规范，要求孩子读书要有明确的目的，即'内以治身，我以治人'。""他要求孩子们读书要重点考察'古今治乱成败、圣贤穷达出处'。"苏东坡后来提出"八面受敌"的读书方法，主张读书"八面受敌"，不是兼收尽取，囫囵吞枣，而是集中精力，逐一深入探究问题，然后融会贯通。这应该是得益于他父亲的教诲。

苏东坡兄弟二人参加进士考试前，苏洵找来张方平对他们进行了六次摸底考试。张方平学富五车，博闻强记，所命之题出于《大学》《中庸》《论语》《孟子》《管子注》等。六次摸底考试，苏轼下笔汩汩滔滔，一泻千里；苏辙落笔沉郁，有老成之风。为了适应当时的考试要求，苏洵要求苏东坡兄

品读篇

弟俩追捧欧阳修的文风，仿写《醉翁亭记》等名篇。苏东坡兄弟俩，循着父亲指引的路径，进入欧阳修的世界，领略欧阳修挽斯文于衰颓、匡时政之不振的思想境界。苏洵与孩子们无数次同题作文，曾同写《六国论》，独抒己见，各有千秋。苏洵平日不苟言笑，但是阅历深厚，博古通今。他善策论，长政论和史论，写起文章来纵横古今，汪洋恣肆。同题作文，相互借鉴，对提高苏东坡兄弟俩的作文能力有极大的帮助。一部《南行集》，记载他们父子三人南行的行吟情景，也体现他们在文学事业上的相得益彰。

苏洵在《仲兄字文甫说》中，提出"风水相遭"之说。其核心内容是"无意乎相求，不期而相遭，而文生焉"，强调了作者的素质修养，也强调作者要受到外物的刺激才能写出自然流畅的好文章。可以肯定，苏洵这一思想倾向和创作观点对苏东坡产生了很大影响。苏轼曾说"自少闻家君之论文"。王启鹏在《试论苏洵"风水相遭"说对苏轼的影响》中，指出苏东坡是在创作目的、创作思想、创作方法三方面继承和发展了苏洵的文学创作思想。

应该肯定，在孩子的教育问题上，苏洵是一位格局远大的父亲。

2021年5月8日于海南儋州

品读屈原

　　一年一度的端午节又到了。粽子飘香，龙舟竞发，此时人们会怀念投江自尽的伟大爱国诗人屈原。想起屈原，我的脑海里会浮现这样的景象：在洞庭湖畔湘江之滨，一位清癯的老人正对着浩瀚的宇宙高声吟唱，仿佛这人世间容纳不下他那无比的愤怒和幽怨。"高余冠之岌岌兮，长余佩之陆离。"他一路吟唱而来，怀抱石头投入汨罗江中。

　　想起屈原，我总是想，屈原不必自尽，他可以委曲求全，以待东山再起。可是，极度愤怒和悲伤的诗人，绝望了。党人误国、怀王昏乱，国将不国，爱国忧民的他能不愤怒和悲伤吗？怀王疏远、大臣贪鄙、学生变节、自身流放、楚国衰弱、民族灾难、百姓流亡，对民族和国家忠贞不渝的他能不绝望吗？这些活生生的现实告诉他，他不可能有一个与之倾诉的知音。他只能去找楚国的始祖高阳氏，去找已成为天帝的舜，去找各方神祇一诉衷肠了。

他也有春风得意的时候。据《史记》记载，他"博闻强志，明于治乱，娴于辞令。入则与王图议国事，以出号令；出则接遇宾客，应对诸侯。王甚任之"。他任过左徒之职，左徒是仅次于令尹的高级官员，相当于上大夫，可以掌内政外交。他任过三闾大夫之职，掌王族三姓，还兼王室宗族的长官，负责修撰族谱和王族子弟的教育。他生活在楚国最强盛的时期，因而他对楚国对楚王都抱有极大的期望。他希望楚国"乘骐骥以驰骋"，而自己"道夫先路"（《楚辞·离骚》）。他还希望"国富强而法立兮，属贞臣而日娭"（《楚辞·九章·惜往日》）。他把自己的命运和楚国的命运紧紧地连在一起，带着实现"美政"的理想去奋斗，"虽九死其犹未悔"（《楚辞·离骚》）。多么远大的理想啊！但是，他不断地看到国家"路幽昧以险隘"（《楚辞·离骚》）、"皇天之不纯命兮，何百姓之震愆？民离散而相失兮，方仲春而东迁"（《楚辞·九章·哀郢》）的悲凉情景。他感觉到自己无能为力了。报国无门，又遭到小人排斥与打击，被流放江南。

屈原面对国难当头又被流放的景况，满腔悲愤。这种悲愤不仅是情牵个人的命运，更是情牵整个民族的命运。如鲠在喉，不吐不快，于是他写下了如火山爆发般的不朽诗篇——《离骚》。

屈原被流放江南，并没有后来宋朝的苏东坡被流放到南荒的环境恶劣。苏东坡三次被贬，自嘲"问汝平生功业，黄州惠州儋州"（《自题金山画像》）。他们同是诗人，但为人处世的作风不同。屈原除了愤慨还是愤慨，而苏东坡达观又洒脱。苏东坡自小"奋厉有当世志"（苏辙《东坡先生墓志铭》），少年得志，可惜"一生罪过，开口常是"（王明清《挥麈后录》），文祸缠身，被一贬再贬。但是，他的思想意识里佛教的成分很重，他可以看开一切，以陶渊明为榜样，乐归田园，晚年以"和陶诗"为乐。陶渊明"不为五斗米而折腰"，做一个忘情于世、寄心及隐、优哉游哉的诗人。苏东坡学陶渊明的归于田园，但也没有忘情于世而优哉游哉。他依然过问"不知天上宫阙，今夕是何年"（苏东坡《水调歌头》），情牵汉黎百姓。

真想悲愤中的屈原能有苏东坡一样的达观和洒脱。但哀莫大于心死，诗人愿以死来表白自己的心志，我们只能在几千年后叹息了。当然，如果屈原有苏东坡那样的达观和洒脱，历史的悲剧就没有这么精彩。但是，有谁会热衷观赏精彩的悲剧呢？

其实，即使屈原没有苏东坡一样的达观和洒脱，也可以不投江自尽。他所生活的时代，"邦无定交，士无定主"，人们忠于自己民族和国家的信念比较淡化。孔子、孟子等名士就曾周游列国，寻找实现自我理想的良机。与屈原同时代的苏秦、张仪之流更是朝秦暮楚。那时得不到重用的屈原，如果离开楚国，想来会有一片新天地。可是，他"宁赴湘流，葬于江鱼之腹中，安能以皓皓之白，而蒙世俗之尘埃乎"

057

（《楚辞·渔父》）。这就是屈原的精神了，这就是他光辉峻洁的人格了。

有人认为屈原是一个世界奇迹。理由是他死了两千多年了，还有这么多人祭祀他，而他不是皇帝，不是将军，也不是哲学家，就是一个诗人。祭祀活动遍及所有的村落，祭祀的人基本上读不懂他的作品，不了解他的为人。这种现象，反映了一种大众精神的需求，人们用集体的情感救赎一个经受百般磨难的人的灵魂。

怀念屈原，为他悲剧的命运叹息，感悟他忧国忧民的精神，体会他光辉峻洁的人格，这是我们所能做到的。"路漫漫其修远兮，吾将上下而求索。"屈原作为一个宗族感、民族感、家国感都极强的政治家和诗人，求索的无非是民族和国家的兴盛。

我们求索什么呢?!

2005年仲夏夜于那大静我斋

何以隐逸

任何历史时代，都会有一些人总想超凡脱世、标榜归隐，这是完全理解的一种心态。之所以说是完全理解是因为在我们所传承的传统文化中，有着"穷则独善其身，达则兼济天下"的人生哲学。这不仅是《孟子·尽心上》中孟子关于读书人社会责任的概说，而且已成为中国文化精髓的"儒道互补"的体现。

但是，我绝对不会有隐逸的想法，因为我没有足够的才情，也没有超凡脱世的心境。我作为一个从事基础教育的工作者，理应爱岗敬业，教书育人；必须安身立命，养家糊口。但是，夜深人静之时，孤灯夜读，自得其乐，习惯苦思冥想，会禁不住地想到那个久远的隐逸年代。我说的是魏晋年代里的那些人，那些人的风度、那些人的才情、那些人的悲怆人生。

品读篇

　　我的老家是革命老区，1926 年就有农会组织，老家人民在抗日战争时期和解放战争时期都为革命作过贡献。"文革"时，我们回到老家；"文革"刚过，我的长辈们都已恢复工作。但是，因为个人原因，母亲就带着我和刚出生的二弟留在老家生活了一段时间。因此，我的小学是在老家读的。

　　读小学五年级的时候，在我家的书架上翻出许多古籍。这些书都是老祖宗遗存下来的。当年老祖宗读了那么多的书，传说中还会占卜算命，他们是否算得出多少年后有一个后辈因好奇又不太小心而翻乱他们喜欢的书籍呢？

　　在翻出的古籍中有一本线装的《世说新语》。当时我没有半点惊奇，只认为这是一本记录世人新思想的论著。在那时，论著类的书我是无法喜欢的，因为我根本读不懂。我乖乖地把线装的《世说新语》放回原处。所说原处就是屋子正庭靠墙上方的一个木架，木架上方的两边放满了书，架子中间没有堆放东西的位置的下方是祖宗的牌位。这样的布局，也许是中国人一个习俗吧？这一习俗在崇尚文化的儋州人的传统民居中，处处可见。关于这点，我曾经想过，老祖宗也太爱书了吧？让人们每次拜着祖宗时，就得拜一拜书籍。

　　读中学时，我住在县新华书店二楼，一楼是新华书店的门市部，每天上学或放学都有意穿过书店的门市部，这样就可以借机看一看书。有一次我从书架上翻出一本《世说新语》，书本上只有原文，没有译文。我有点惊喜，并不是因为见到久违的东西，事实上我对于家里的一些藏书虽然有深深的记忆，但对于看不懂的书是没有感觉的。我只不过是突然间有一种似曾相识的感觉。这种感觉油然而生，带来好奇，产生欲望，一种必须阅读的欲望。但是打开后，全是一些读不太懂的文字。我感到莫名其妙，一脸茫然。感觉老祖宗们也太神奇了，竟然能读懂这类"天书"。

真正读懂《世说新语》，应该是参加工作以后的事了。当时读了《世说新语》，才知道它是南北朝人刘义庆写的，书里写的是一些"怪人"和"怪事"。这些"怪人"和"怪事"对我没有产生太多的影响，因为那个年代离我们太久远了。但是，能给我带来很多思考，也能给我带来想说一说的感觉。为此，我后来还专程到过刘义庆的故里——江南名城镇江。在镇江我邂逅了别样的风情，爱上了她的传奇。传奇里有王安石的"春风又绿江南岸，明月何时照我还"；有辛弃疾的"想当年，金戈铁马，气吞万里如虎"；有"水漫金山"；有"西津古渡"；有"锅盖面"。当然，还有"爱好文义"的刘义庆，他编著了《世说新语》。

据记载，刘义庆的祖先是彭城（今江苏徐州）人，后迁居京口（今江苏镇江）。他一直得到皇帝刘裕的赏识，但是他知天命、怕灾祸，因此辞京官而求外放。请求外放，应该不是隐逸，刘义庆有才，但是他也没有超凡脱世的心境。我细想，刘义庆没有隐逸，但是他编著了许多隐逸故事，说明他的内心还是有着归隐山水的想法。只不过是，他生在南北朝，没有魏晋人的风范而已。

品读篇

061

　　我们不得不说一说魏晋人的风范了。翻开魏晋历史的画卷，人们一定会想到"建安七子"和"竹林七贤"。中国人玩数字游戏真的很奥妙，"七"数是一绝，连"七成八败"也都有说法。"七子"和"七贤"应该是当时人们自认为最完美的组合。据说，阮籍的儿子阮浑长大成人后，看到"竹林七贤"这么逍遥自在，也申请"入伙"。他父亲以阮咸已参加就够了为由，不同意他"入伙"。人们总以为这时候阮籍对自己的纵酒违礼的反常行为已有清醒的认识，所以不想儿子介入。但我认为，阮籍无非是保持一种"七绝"的状态，有一种七人搭档最好的感觉。但是，没有人想到，这样完美的组合，也有了灾难。

　　"建安七子"的灾难在于建安二十二年（217年）。曹植在《说疫气》一文中写道："建安二十二年，疠气流行，家家有僵尸之痛，室室有号泣之哀。或阖门而殪，或覆族而丧。"这一年，著名的"建安七子"死了五个，分别是王粲、徐干、陈琳、应玚、刘桢。在此之前，孔融已被曹操所杀，阮瑀早就因病去世。历史应该永久地记下"建安七子"中"五子"的灾难年，那就是建安二十二年，也就是217年。他们为什么都死了？其实与时局没有太多的关系，当时曹操发兵征讨孙权的战争处于相持阶段，当权者中没有人有心思来害他们。他们都得了伤寒病，当时曹操的军队也因为得了伤寒病而撤军。得了伤寒病并不可怕，写出《伤寒杂病论》的张仲景可以治伤寒病。当年张仲景遇见二十岁的王粲时就说：君有病，如不治到四十岁，眉毛就会脱落；眉毛脱落后，半年就死。忠言逆耳，王粲没有服下张仲景所开的"五石汤"，结果如张仲景所说的"眉毛脱落后，半年就死"。伤寒病后来发展到瘟疫，他们死于瘟疫，死于非命也！

"建安七子"有很多神奇的故事，其他人的故事不想说，但是安葬王粲时好友现场学驴叫的故事不得不说。《世说新语》的"伤逝"类记述着"驴鸣送葬"的故事："王仲宣好驴鸣。既葬，文帝临其丧，顾语同游'王好驴鸣，可各作一声以送之'。赴客皆一作驴鸣。"王仲宣就是王粲，死后安葬时，魏文帝曹丕亲自主持葬礼。因他生前喜欢驴叫，葬礼上曹丕要求大家各学一声驴鸣来为他送行。这有点怪怪的，也有点惊心动魄。因为此时此刻学驴鸣，与汉末戴良的"驴鸣娱亲"是不一样的。汉末戴良是隐士，也是狂生，有点放纵不羁，但他也是大孝子。他母亲喜欢驴鸣，他就学驴叫逗母亲开心。这是大孝的行动，世间人都会崇尚。但是，曹丕倡导的这种居丧不守礼、不受礼教的束缚的行为，出乎世间人的意料之外。我们不得不佩服魏晋名士的超凡脱世。

事实上，驴鸣是最难听的声音，后人就用"驴鸣犬吠"来形容文字言语的拙劣。但也许在那个年代，怪人多，人们就喜欢这类怪东西。有人把魏晋名士的学驴鸣，当作一种"口技"现象，这也许是一种比较合理的解释。

"竹林七贤"的灾难得从他们作为名士的风流说起。"竹林七贤"指的是魏晋时期的嵇康、阮籍、山涛、向秀、刘伶、

品读篇

王戎、阮咸七人。先有"七贤"之称，因他们常在当时的山阳县（今修武一带）竹林之下，喝酒、纵歌，肆意酣畅，世称"竹林七贤"。这七人是魏晋时期玄学的代表人物，但他们的思想倾向并不同，只不过他们都有放纵肆情、不拘礼法、清静无为的习性而聚集在一起。嵇康、阮籍、刘伶、阮咸始终主张老庄之学；山涛、王戎则好老庄又崇儒术；向秀则主张名教与自然合一。

这七人不能称是"志同道合"，因为他们在政治态度上有较明显的分歧。嵇康、阮籍、刘伶对司马氏集团非常不满而为司马氏朝廷所不容，造成嵇康被杀、阮籍佯狂避世、刘伶醉态人生。向秀在嵇康被害后被迫出仕；阮咸曾为散骑侍郎，但不为司马炎所重；山涛四十岁后出仕，投靠司马师，历任尚书吏部郎、侍中、司徒等职，成为司马氏政权的高官；王戎为人鄙吝，功利心最盛，入晋后长期任侍中、吏部尚书、司徒等职。

这七人中我喜欢嵇康、阮籍和刘伶，喜欢嵇康的豪放、阮籍的佯狂、刘伶的可爱。向秀在嵇康遇害后，追思往昔，怀念嵇康不受拘束、潜居抱道的才情，写下了千古名篇《思旧赋》，也算是一个念旧情的人，但不是很令人喜欢了。他后来进京做官去了，当司马昭问他为什么做官时，他说："巢由狷介之士，不足多慕。"山涛和王戎为了保命而改初衷，投靠权贵，免不了令人厌恶。

我对嵇康、阮籍和刘伶不是一般的喜欢，而是从内心里产生特别的敬佩之情。嵇康的死是悲壮的，余秋雨在《遥远的绝响》中，对嵇康在刑场高台上面对三千名太学生和围观的民众弹奏一曲《广陵散》后从容赴死的情态作了感人的表述。读过这一段文字的人，不一定会为《广陵散》的失绝而遗憾，但必会因嵇康的慷慨就义而明白什么叫作悲壮。阮籍和刘伶都是对中国酒文化贡献很大的人。孔子在《论语》中说："惟酒无量，不及乱。"而阮籍和刘伶是酒无量也及乱。本来"酒以成礼"，但他们纵酒"越礼"。天下没有谁能比他们两个人爱喝酒了。人们称阮籍为"阮步兵"，因为他在步兵营当过官。他为什么到步兵营任职？因为他发现步兵营有很多藏酒。在步兵营他从不管正事，就是纵情喝酒，不仅自己喝还叫上刘伶。

《晋书·阮籍传》说："籍本有济世志，属魏、晋之际，天下多故，名士少有全者，籍由是不与世事，遂酣饮为常。"这段文字说明了阮籍恣酒的原因。他把"变态"当作"常态"，这是多么无奈和痛苦的事情。事实上，他以酒避祸，只要醉了就可以不问正事了，就可以不违背自己的意志做事了。他是大孝子，但他居丧无礼。他母亲去世时他正与别人下棋，他坚持把棋下完才回去，回去后一边喝酒一边哭。他安葬母亲前，蒸了一头猪来喝酒，喝了两斗酒再去与母亲遗体告别。这一刻，他号哭吐血。

他这是伤心之哭，但他还有一种无奈之哭。他经常一边喝酒一边驾着车，车上有一把铲，本意是向前走，死了就地

065

埋葬。他向前走也不择方向，一直走，走到前面没有路时，他就会抱头大哭。这好像是在哭人生途穷、世间窘迫，也好像是在哭自己心比天高、命比纸薄。虽然他不择方向地走，但他有心志，他这是无奈地哭。他路过刘邦和项羽打仗的地方时，感叹过"时无英雄，使竖子成名"。他对于刘邦得天下，还真是不屑一顾。

他还有一种荒诞之哭。别人家的女孩长得很漂亮，没有结婚就死了。他根本不认识这个女孩，也不认识这家人，却赶到灵堂放声大哭，哭得比任何人都伤心。这有点荒诞，但细想，他哭得很纯粹。他就是为生命号哭。

刘伶被世人称为"酒仙"，《世说新语》说他"身长六尺，貌甚丑悴，而悠悠忽忽，土木形骸"。矮小、丑陋、憔悴、放纵，难以想象的怪异。但他非常可爱。他喝醉后习惯脱光衣服在房子里活动，别人劝告他，他说："我以天地为栋宇，屋室为裈衣，诸君何为入我裈中？"这有点好笑也好玩，但也看出刘伶是一个心胸极为宽广、个性极为张扬的人。他作为"酒仙"，不仅能喝酒，醉后"怪异"，而且还有一整套的喝酒理论。他写过一篇传世之作《酒德颂》，短短几十个字，表明了一个意思："唯酒是务，焉知其余？"

有专家说，阮籍喝酒，是为人生而艺术；刘伶喝酒，是为艺术而艺术。喝酒喝出艺术，这是何等的境界？这种艺术，不是"喝酒"，而是"病酒"。《世说新语》记述刘伶病酒的故事脍炙人口，让世间人心服口服。刘伶喝醉后，回到家里还求老婆给酒喝。老婆生气，把酒杯酒壶都摔碎。他看到老婆生气了，表示要戒酒。可是，他又说要戒酒只靠他不行，必须备酒备肉拜神祭祖。他老婆有点天真，以为他真的要拜神祭祖后戒酒，所以备好了酒肉。他真的拜神祭祖了，但他说：天生刘伶，以酒为名；妇人之言，慎不可听。说完，他狂饮大吃，烂醉如泥。他老婆被他"忽悠"了，他有点不太地道，但他进入了喝酒艺术的境界。

这是那个久远的隐逸年代的一些人和一些事。对于这些"怪人"和"怪事"，真的有点不好理解。现在我们说一说，无非是让更多的人了解那个年代的一些形态。事实上，魏晋时代太残酷、战乱过于频繁了，真正的文人不能展示他们的才华，不得不放浪形骸、纵情自然，背叛社会的主流价值。他们漠视世俗、鄙视权贵、傲视成规、无视生死、仰视自然，不想为任何政治集团卖命，没有一点社会责任和担当。

而我辈，生于太平盛世，教书育人就是我们的责任担当了。

2021 年 10 月 11 日修改

品读篇

感悟苏东坡

一

最近几年，我闲情过剩，于是系统地读读书，试着研究一些问题。而这时，我选择的"课题"中，除了永远读不懂的"易学"之外，就以比较感兴趣的东坡之题为主。因为我对历代世人所景仰的苏东坡，有一种说不清又解不开的情结。之所以这样说，是因为我作为苏东坡最后贬谪之地儋州的后代，虽然对苏东坡没有太多的研究，认识不深，但从小就有一种"儋州人陋文不陋，东坡教益是源流"的认识。这种认识，随着时间的推移，产生了传播"东坡文化"的责任感。当然，我才疏学浅，不可能做到很多，只想尽绵薄之力而已。

我的认识应该说是来自受东坡教益的祖上的意识传承，也来自后来我对苏东坡诗文和人生经历的感悟。这些意识和感悟，属于一种本能的灵动，也属于一种文化形态的知觉。本能的灵动，使我对苏东坡苦难时超脱自我的心态有一定触动心灵的感受；文化形态的知觉，使我深深地着迷于苏东坡的人格魅力和人生智慧。

说到"文化形态"，我想起何新在《论中国历史与国民意识》中说道："每一种文化形态，都具有截然不同的价值系统，就全人类的情况看，正如文化是多元的，价值也是多元的。"对苏东坡的认识和感悟，我还不能从价值观上作太多的思考，但我确信它有多元化的价值。而我不是冲着它的价值而来，它具有的多元化的价值内涵应该是一个比较大的课题，我不可能研究出什么。邓立勋在《苏东坡论》中指出："苏轼的生存智慧与生命智慧来自对中国儒、释、道三家思想的理解和实践。"我也没有水平理解儒、释、道那些高深莫测的思想理论。我只想从苏东坡的人生经历和文化现象中，作一些简单的思考，然后试着告诉人们我对于苏东坡的一些感受。这算是为传播"东坡文化"出力，也是比较羞涩地表达我对苏东坡的感悟。

记得小时候，我多次游览中和东坡书院。那时，对于苏东坡没有太多的感觉，但每次我都会莫明其妙地若有所思。年长后，每次来到中和东坡书院，都会情不自禁地吟咏东坡诗词，想象东坡生活起居和传学的身影。而追随东坡足迹的想法，却是近几年才有的。苏东坡生于四川眉山，他的一生有丰富的从政经历，他曾任凤翔、杭州、徐州、颍州、登州、扬州、密州、湖州、定州的地方官，也曾任皇帝老师和京官。"问汝平生功业，黄州惠州儋州。"他多次被贬，贬谪之地，

品读篇

足迹斑斑，情景感人。我想，如果有机会，一定追随东坡的足迹。当然，我很难遍访苏轼所有的遗址。苏轼遗址应包括他出生、游宦、贬谪、逝世和安葬的地方，涉及十一个省十八个市县。我只想，有机会就去看看一些主要的地方，随着自己的心境感悟一番；如果没有机会，就来一次"梦游式"的追随、"梦幻式"的感悟。

二

眉山境内有一座秀丽的彭老山，据说，苏东坡出生前几年，这座山忽然变得荒瘠起来，百花不放，草木枯萎，飞禽走兽销声匿迹。这当然是一个不能确信的民间传说，但是它却成为北宋蜀地民谣"眉山生三苏，草木尽皆枯"的来由。

我知道眉山自古以来，人杰地灵。《眉山县志》说这片土地"山不高而秀，水不深而清"，"介岷、峨之间，为江山秀气所聚"。据说，两宋三百年，眉山就有进士八百余名；苏轼和他弟弟苏辙进京参加进士考试那年，眉山一县举荐参加礼部进士考试的竟达四十五人，进士及第的就有十三人。当然，"三苏"是这八百余名进士中最突出的。这会让我对眉山充满了好奇和向往，对"三苏"的渊源家学无比崇敬。"门前万竿竹，堂上四库书。高树红消梨，小池白芙蕖。常呼赤脚婢，雨中撷园蔬。"这是苏东坡《答任师中家汉公》的诗句，是他对儿时家境的描绘。这个小康的书香之家有优雅的外景，也有丰富的藏书。这家人勤谨自足又注重家教，培养出"唐宋八大家"中的三位。1963年朱德元帅到眉山，挥笔抒怀："一家三父子，都是大文豪。诗赋传千古，峨眉共比高。"

说起苏氏家教，必须得讲讲苏东坡的母亲。苏东坡母亲程氏，大家闺秀，知书识礼，相夫教子。从现存的资料来说，少年天才苏东坡的成长，一是得益于眉山浓厚的文化气息。王水照、崔铭的《苏轼传》指出："到苏轼出生的年代，已经有很多蜀地士人'相继登于朝，以文章功业闻于天下'，崇尚读书的风气日益浓厚。"二是得益于正确的家庭教育，特别是得到母亲的悉心教导。《宋史·苏轼列传》记载："生十年，父洵游学四方，母程氏亲授以书，闻古今成败，辄能语其要。程氏读东汉《范滂传》，慨然太息，轼请曰：'轼若为滂，母许之否乎？'程氏曰：'汝能为滂，吾顾不能为滂母邪？'"关于这点，黄玉峰先生在《千古风流人物》一书中也阐述过："关于苏轼的成才，除了天分特高之外，我以为有两个原因。首先，当时社会风气重视文化；另外一个原因是家庭的氛围。"

自古以来，到眉山瞻仰苏东坡故居的人难计其数。2017年11月，我到眉山参加第八届东坡文化节系列活动，有幸瞻仰三苏祠，非常兴奋，激动不已。宋代著名诗人陆游瞻仰苏东坡故居时，面对灵山秀水，追忆先贤风采，感慨万千，挥笔写道："蜿蜒回顾山有情，平铺十里江无声。孕奇蓄秀当此地，郁然千载诗书城。"当我徜徉在古香古色、文脉流芳的三苏祠时，也有"孕奇蓄秀当此地，郁然千载诗书城"的感受。

品读篇

三

　　密州和徐州是苏东坡做过知州的地方，我还没有机会去看看。熙宁七年（1074年），苏东坡升任密州知州。密州就是现在的山东诸城。苏东坡在密州知州任上，特别关注民生，很得人心。一上任就治理蝗灾，同时上书朝廷请求减免密州赋税。当时密州很穷，丛林大泽中常有剪径大盗，也有因穷而在路边的草丛中弃婴的习惯。苏东坡捕盗打黑不留情，又从官钱中拨出专款救济贫穷母亲，破除弃婴陋俗。他忙于政务，在田坎上写公文，文不加点。但是他忙里偷闲，有时也会率领当地军民进山打猎。熙宁八年（1075年）十月，为答谢常山山神"赐雨"，重修常山庙，落成之日苏东坡亲往祭祀，归来途中，与同僚们举行一次会猎。他倚马山坡写下了《江城子·密州出猎》一词。金秋送爽，左手牵猎犬，右手擎苍鹰，锦帽貂裘，宝马利箭。写出了意气风发，豪情满怀。此词是苏东坡在词的创作上的一个突破。王水照、崔铭的《苏轼传》中写道："从题材内容到意境风格，完全突破了传统词作的樊篱，从此，苏轼的词的创作迈出了具有划时代意义的新的一步，一种崭新的词风正式形成，一个革新的词派由此出现，唐宋词史翻开了新的一页。"

　　在密州，苏东坡还建造"超然台"，题写《超然台记》。中秋节，他在超然台上大醉写下了《水调歌头·明月几时有》这千古咏月名篇。词前小序说："丙辰中秋，欢饮达旦，大醉，作此篇，兼怀子由。"胡仔《苕溪渔隐丛话》说："中秋词，自东坡《水调歌头》一出，余词尽废。"吴潜《霜天晓角》写道："且唱东坡水调，清露下，满襟雪。"我没能全面理解苏东坡超旷飘逸的豪放风格，但每次吟咏此词，也能体会到境界高远，意味深长，情谊厚重。

熙宁十年（1077年），苏东坡迁任徐州知州。他在徐州是一个大英雄，因为当年澶州黄河决口，徐州城南清河水一夜暴涨，水淹四十五个州县、三十万顷良田，他果断抗洪救灾。情况是危急的，后来他的诗中写道："黄河西来初不觉，但讶清泗奔流浑。夜闻沙岸鸣瓮盎，晓看雪浪浮鹏鲲。"（《答吕梁仲屯田》）他一方面严禁有车马的富户逃走，防止扰乱人心；另一方面亲自进入武卫营请禁兵协助防洪。这是大手笔，特别是请禁兵防洪。按宋律，知州对当地驻军是没有指挥权的。但是，他冒着大雨深一脚浅一脚走到禁兵首领的住处，感动了平时有些傲慢的官兵。

在抗洪救灾的日子里，苏东坡整天身披蓑衣、脚穿草鞋、手拄木杖，出现在最危险的地方。连续数周，过家门而不入，晚上就住在城墙之上。这场大水历时七十多天，洪水退后，苏东坡又领导军民加固防水工程，修筑高台并亲自命名"黄楼"，取五行中土能克水的意思。楼成之日，他率众举行盛大仪式，与民同乐，官民亲如一家。此时，他欢喜至极，写下了《九日黄楼作》，其中写道："莫嫌酒薄红粉陋，终胜泥中千柄锸。"

073

他离任徐州知州时，数千人送他出城几十里，哭成一片。此时，哭声里充满依恋，也充满厚望。百姓希望爱国亲民的好官，永远与民同乐……

四

元丰二年（1079 年），苏东坡迁湖州知州。他告别徐州踏上重游江南之路时，正是暮春时节。这时节，落花满地，使人有一种无端的伤感。苏东坡是有些伤感的，他口中吟咏："陌上花开蝴蝶飞，江山犹是昔人非。"（《陌上花》）但是，他真的想不到，此行程会惹出大祸。他赴湖州途中，按惯例写的《湖州谢表》有两句话："知其愚不适时，难以追陪新进；察其老不生事，或能牧养小民。"这令李定、舒亶、何正臣、李宜之等人跳了起来，指证苏东坡有四条罪状。这四条罪状属"言论罪"，宋神宗给时任御史中丞的李定搞昏了，下旨查办苏东坡。苏东坡被押到京城后，关在乌台。这就是"乌台诗案"的起因。正是这"乌台诗案"，苏东坡才被贬到黄州的。而作为追随东坡足迹者，我有幸走进了黄州。

2013 年 11 月，我随团到湖北黄冈参加东坡文化传播活动。黄冈就是古时黄州，苏东坡与黄冈有着千丝万缕、割舍不断的关系。时任黄冈市委书记刘雪荣在《人间绝版苏东坡》中写道："我们所在的黄州处处都留下了苏东坡的足迹。我们呼吸的空气里还弥漫着苏东坡的气息，我们走过的街道、说出的地名、谈起的建筑都与苏东坡息息相关，我们正在建设的遗爱湖公园之'遗爱'也来源于苏东坡的作品。"是的，走进黄州你会处处体会到苏东坡的气息和魅力；你会真正理解余秋雨先生在《苏东坡突围》中写的："苏东坡成全了黄州，黄州也成全了苏东坡。"

苏东坡被贬到黄州的官职为黄州团练副使。虽有所谓的官职，但实为犯人。他是元丰三年（1080年）正月初一，就在九州上下欢度新春佳节之际，在御史台差人的押解下，携长子苏迈，凄凉地离开京城前往黄州的。二月一日，抵达黄州，那时他已四十五岁。就在黄州，他生活了四年零两个月。这四年来的时间，以刘雪荣先生的话来说，他大体上做了四件事：躬耕东坡、放浪山水、修身养情、激情创作。就这四件事，让他的艺术上了顶峰，也使"东坡"之号流芳千古。

苏东坡被贬到黄州后，原先寓居定惠院。元丰三年（1080年）六月，因家眷抵达黄州，人多难以安身，不得不迁居临皋亭。临皋亭位于黄州城外，古名回车院，是朝廷命官巡视黄州的驿馆。在当地"苏学"专家王琳祥的陪同下，我和韩国强会长寻访了临皋亭遗迹。临皋亭遗迹现在黄冈中学初中部的校园里，根据王琳祥先生的介绍，长江改道之前，临皋亭离江边不远，坐在临皋亭里，可以看到长江之水。

对于苏东坡来说，有了全家栖身之所，哪怕只是个简陋的江边驿站，也已经感到心满意足了。他在《迁居临皋亭》中写道："全家占江驿，绝境天为破。饥贫相乘除，未见可吊贺。澹然无忧乐，苦语不成些。"表现他安居后内心的安稳

品读篇

感。他在《临皋闲题》中写道："临皋亭下八十数步，便是大江，其半是峨眉雪水，吾饮食沐浴皆取焉，何必归乡哉！江山风月，本无常主，闲者便是主人。"表现他虽然寓居临皋亭，但依然能喝到故乡之水的喜悦之情。他寓居临皋亭时还纳王朝云为妾，七夕之夜携王朝云登上黄州南朝天门楼上，还即兴口占两首《菩萨蛮》词。"画檐初挂弯弯月，孤光示满先忧缺。遥认玉帘钩，天孙梳洗楼。佳人言语好，不愿求新巧。此恨固应知，愿人无别离。"这是其中一首，寄托他与王朝云的情意之真切。

虽然苏东坡心里得到一时的安稳和喜悦，但他平心静气时，会觉得无限江山并不能消磨心中的怅惘；眼前的快乐，并没有冲淡"乌台诗案"的乌烟瘴气。他在《迁居临皋亭》一诗中写道："我生天地间，一蚁寄大磨。区区欲右行，不救风轮左。"正因为这样，他心中充满愤慨和激情，写下了光照千载的传世作品"一帖二赋"——《寒食帖》《前赤壁赋》《后赤壁赋》。

我们还寻访定惠院、天庆观、雪堂等处，然后再寻访其他东坡遗迹。现在，当年的躬耕之地东坡，已高楼林立，是黄冈市一些机关单位的办公场所和一些居民的住宅。虽然有王琳祥先生的指引，但我们也很难看出东坡的任何遗迹。只有按书本的描述和王琳祥先生的现场介绍来发挥想象，并作一些思考。

可以说，苏东坡谪居黄州的前两年，是他人生旅途最困苦的时期，即使是后来被贬到儋州时也没有这么困苦。当时，由于没有俸薪，家口太多，生活没有来源，而面临饥寒交迫的窘境。他的老朋友黄州通判马正卿在关键时刻，为他指出了一条新的人生之路，就是自食其力、耕种养家。

苏东坡躬耕的地方是故营地，位于黄州城中，因其西高东低，黄州人素以"东坡"称之。陆游的《入蜀记》中说："自州门而东，冈垄高下，至东坡，则地势平旷开豁，东起一垄，颇高。"这里描述的就是黄州"东坡"。

从实际上来说，苏东坡躬耕是为了解决生活困难的问题。而我认为，苏东坡躬耕寻找的是一种思想的寄托。苏东坡晚年，写了大量的"和陶诗"，有仿效陶渊明的意思。其实，他在青壮年时，对陶渊明已很崇敬。所以在黄州时的躬耕，也是学陶渊明躬耕田亩。当时，他曾写信给王定国说："近于侧左得荒地数十亩，买牛一具，躬耕其中。今岁旱，米贵甚。近日方得雨，日夜垦辟，欲种小麦。虽劳苦却亦有味。邻曲相逢欣欣欲自号'鏖糟陂陶靖节'，如何？"

陶靖节即陶渊明。陶渊明死后，他的友人私谥以"靖节"，因此后来人称陶渊明为"靖节先生"。而当时，苏东坡在困境中，除了仿效陶渊明外，也想到性情乐观的白居易。苏东坡喜欢白居易的诗，也认为白居易忠厚好施、刚直尽言的个性与自己的性格相似。白居易写过《东坡种花》诗二首，后来在《步东坡》中写道："朝上东坡步，夕上东坡步。东坡何所爱，爱此新成树。"苏东坡认为白居易种花树的"东坡"

与自己现在耕种的"东坡",是机缘巧合。因此,放弃"麋糟陂陶靖节"的称号,决定自号"东坡居士"。我记得,在开拓东坡的那段时间,苏东坡写了八首关于自己躬耕田亩的诗。他将其归纳,定名为《东坡八首》。寻访东坡遗迹之时,我们一起断断续续吟咏《东坡八首》中的诗句,一起体会苏东坡随遇而安、知足常乐、豁达大度的心态。"众笑终不悔,施一当获千。"这是《东坡八首》最后一首的最后一句。我一直熟记这句!

这次黄州之行,对我来说收获很大,感悟到苏东坡豁达大度、超凡脱俗的心态和在困境中勇于开创事业的精神。王琳祥在《苏东坡谪居黄州》中写道:"黄州谪居,是苏东坡建立'平生功业'的第一站,其实践过程的意义就在于开创了文人学子在困顿中建立自己独特的'功业'之路。"是的,苏东坡开创了一条独特的"建功立业"之路,而面对自己的"创业"际遇,用他自己的话来说,那是"随缘而适""托物寄情",然后"一蓑烟雨任平生"。这是何等洒脱,不是一般人能做得到的。这种洒脱需要智慧,需要品质。

五

苏东坡在黄州生活了五年。元丰七年(1084年),宋神宗手札量移苏东坡汝州团练副使,本州安置,不得签书公事。这也许是宋神宗良心发作,念及苏东坡的盛名和才干,把他安置在靠京城近一点的地方。但也据说,宋神宗此举是出于无奈，因为他想把苏东坡召回京城为官，但一直受到宰相王珪等人的阻挠。这个"据说"，也有记载。《宋史·苏轼列传》写道："三年，神宗数有意复用，辄为当路沮之。神宗尝语宰相王珪、蔡确曰：'国史至重，可命苏轼成之。'珪有难色。"

宋神宗驾崩，小皇帝哲宗只有十岁，高太后摄政。高太后对苏东坡是有好感的，她知道仁宗赵祯、神宗赵顼两位皇帝非常赏识苏东坡。当年殿试时，仁宗亲自主持苏轼和苏辙的"制策"，退而喜曰："朕今日为子孙得两宰相矣。"神宗尤爱苏东坡的诗文，《宋史·苏轼列传》记载："宫中读之，膳进忘食，称为天下奇才。"高太后先下旨任命苏东坡知登州（山东蓬莱）军州事，掌军政大权；四个月后，又升苏东坡为礼部郎中；刚到京城，又升为中书舍人，在宰相手下干活；半年后，再升翰林学士知制诰，负责起草圣旨的工作，官居三品。这样的升迁是快了一点，招来了种种的议论和攻击，很多人都认为他一定会接任年迈的司马光做宰相。这不得了，在钩心斗角、争权夺利的朝廷里，他几乎是众矢之的。

元祐四年（1089年），好心的高太后，外放苏东坡出任杭州知州。这是苏东坡第二次到"人间天堂"杭州为官了。熙宁四年（1071年），苏东坡因为反对王安石的新法，自求外放，曾到杭州任通判，一直到熙宁七年（1074年）九月调离。通判是副职，相当于副市长；知州是正职，相当于市长。

苏东坡第一次到杭州任职时，虽然有贬谪的味道，但他一到杭州，就情不自禁地陶醉在湖光山色中。表兄文同提醒

品读篇

他"北客若来休问事，西湖虽好莫吟诗"，他都不当一回事了。他流连忘返于西湖的美景："水光潋滟晴方好，山色空蒙雨亦奇。欲把西湖比西子，淡妆浓抹总相宜。"（《饮湖上初晴后雨》）除了游湖，他还观潮、赏月、品花。层出不穷的游宴活动中，他留下了无数优美的诗篇，也留下很多浪漫的故事。当然，他作为通判是尽职的。王水照、崔铭的《苏轼传》中写道："杭州三年，苏轼本着一名正直的封建官员的良心和他所独具的广博深厚的仁爱之情，尽心尽力，为民造福。"

他第二次到杭州任职，应该说是委以重任，而他更加尽心尽力为民造福，因此他赢得了政声。刘小川的《苏轼叙述一种》写道："杭州一年半，他治运河，开六井，浚西湖，筑苏堤，设'安乐坊'治病救人，惩治有官方背景的黑帮头目颜氏兄弟……在临安（杭州）的地方志上写下了重重的几笔。"王水照、崔铭的《苏轼传》写道："苏轼上任不到一年，战饥荒，驱疾疫，疏浚两河，整治六井，雷厉风行，政绩卓越，赢得了杭州百姓一致的爱戴与信赖。他们深信，有这位脚踏实地、急民之所急的知州做主，再艰难的事情也是可以办到的。"

我多次游览杭州，深深地感受到苏东坡对杭州的影响。濒临西湖边两条最繁华的街道，一条叫"东坡路"，另一条叫"学士路"。沿着南山路南行，经过"柳浪闻莺"不远是"学士港"。港湾上有一座开闭式木桥，这就是有名的"学士桥"。

桥旁有一间两层楼的饭店，称"学士居"。通过"学士桥"便到了"学士公园"。这些充分表现了杭州人对苏东坡的怀念之情。

有人说，杭州人感念苏东坡，在于他给西湖的山水赋予了灵性，留下歌颂西湖山水的千古绝唱；还在于他给西湖添加了浓墨重彩的"苏堤春晓"。我每次游览西湖，都会漫步苏堤领略西湖三面环山、一面临城的美景；面对波光潋影、明媚秀丽的西湖，我都会由衷地吟咏："淡妆浓抹总相宜。"当然，我更多的是赞叹苏东坡对国家与民众的挚爱和造福百姓的情怀。他尽管年过半百，饱经风雨，被一贬再贬，但对于国家与民众的爱没有丝毫的淡漠。今天人们谈论苏东坡时，总是侧重于他在文学艺术上的重大成就，而往往淡化他为政方面的闪光点。事实上，苏东坡是一个有作为、有担当的好官，而且政绩斐然。

我读过苏灿、张忠全的《苏轼为官之道》，它全面阐述了苏东坡为官的民本理念、改革理念、经济理念、教育理念、军事理念、廉政理念、哲学理念。从这些理念中，可以读懂苏东坡以民为本、为政清廉的为官之道。他的《刑赏忠厚之至论》就阐述了他的民本思想。他还说："位之存寄乎民，民之生寄乎财。故夺民财者，害其生者也；害其生者，贼其位者矣。"李锡炎在《苏东坡从政为官的人格文化及其时代价值》中指出："苏东坡为官施政的人格文化特征是为官以民为本，为政以廉为首，为文以真为魂。这种人格文化集中体现

品读篇

为政治家情怀与文学家风采的高度融合，表现出一种特有的人格魅力和崇高的人格文化精神，富有固本性、惠民性、多维性、修炼性特点。它对于领导干部讲党性重品行作表率，加强思想道德建设，提高干部队伍素质能力，具有重要的借鉴作用。"是有借鉴作用，问题是如何借鉴呢？

六

绍圣元年（1094 年）四月，章惇、蔡京等人以苏东坡"讥讪先朝"威名为由，让已经五十九岁的苏东坡被贬为英州（今广东省英德市）知事。六月，苏东坡还在赴英州的路上，又遭贬，为宁远军节度副使，惠州安置。这样苏东坡就与侍妾王朝云、三子苏过，来到了惠州。他在惠州生活了四个年头。惠州我去过，但没有时间游览苏东坡的遗迹。我决定下次到惠州一定要好好游览苏东坡的遗迹，特别是必须好好游览惠州西湖。一是因为苏东坡当年在惠州时喜爱游览西湖，他曾说："予尝夜起登合江楼，或与客游丰湖，入栖禅寺，叩罗浮道院，登逍遥堂，逮晓乃归。"（《江月五首（并引）》）。清代黄安澜在《西湖苏迹》一书中说过："西湖山水之美，藉（东坡）品题而愈盛。"那时惠州西湖叫丰湖，因苏东坡而改名西湖。明代较早编辑《东坡寓惠集》的大学者张萱，在《惠州西湖歌》中写道："惠州西湖岭之东，标名亦自东坡公。"二是因为苏东坡的爱妾朝云葬于惠州西湖景区孤山之上。我不是为了吊唁朝云，而是想以此为点，走进苏东坡的情感世界，体会和感悟苏东坡作为一个封建社会的官僚和时人无比崇敬的大文豪，他的另一番情怀、另一段人生经历。

苏东坡有三段感情经历，这不包括与对他单相思的那位无名女郎的经历，也还没有算上一些"暗恋"他的粉丝。那位无名女郎，终生未嫁，因不能与苏东坡结缘而郁郁终了时，苏东坡在黄州写下了《卜算子·缺月挂疏桐》。"拣尽寒枝不肯栖，寂寞沙洲冷"表现了苏东坡孤高自许、蔑视流俗的心境，也表现了对这位女子的赞叹。

苏东坡十九岁时在父母的安排下迎娶了王弗。虽是父母包办，但夫妻却很恩爱，过着"红袖添香夜读书"的生活。王弗二十七岁就去世，十年后苏东坡写下了千古名篇《江城子·乙卯正月二十日夜记梦》："十年生死两茫茫，不思量，自难忘。千里孤坟，无处话凄凉。纵使相逢应不识，尘满面，鬓如霜。夜来幽梦忽还乡，小轩窗，正梳妆。相顾无言，唯有泪千行。料得年年肠断处，明月夜，短松冈。"这不是秀夫妻恩爱，也不是秀夫妻的生离死别，这是"有声当彻天，有泪当彻泉"（北宋诗人陈师道语）的情景。后来他续娶王弗的堂妹王闰之，她也是一位庄重守礼的大家闺秀，夫妻也很恩爱。但王闰之受不得风霜之苦，后来苏东坡许多颠沛流离的贬官生活都不能相伴。而能给苏东坡一直暖心的就是侍妾王朝云了。王朝云甘愿与苏东坡共度患难，不离不弃，悉心为苏东坡调理生活起居。王朝云特别善解苏东坡的心意，有一

品读篇

次王朝云说:"大学士一肚皮的不合时宜。"苏东坡闻言,捧腹大笑,赞道:"知我者,唯有朝云也。"王朝云追随着苏东坡长途跋涉,翻山越岭到惠州。没想到,来后第二年就重病亡故,那年她才三十四岁。她死于流行瘴毒,口诵佛经而亡。

两个夫人、一个侍妾都姓王,而且都与苏东坡恩爱不已,相依为命。王闰之与他同甘共苦二十五年后去世,时年四十六岁。苏东坡悲痛万分,发誓与她生同室、死同穴。王朝云的死对于苏东坡来说,几乎是致命的打击。但是这时,他也许想通了一切,悲痛后坦然了许多。他的《悼朝云》诗中写道:"伤心一念偿前债,弹指三生断后缘。归卧竹根无远近,夜灯勤礼塔中仙。"尽管心中悲怆,但他衷心地祈愿她能超脱生死轮回,进入仙佛的境界;而他将在余生晚境勤修佛道,应该是希望有一天能与她相会在佛国净土之上。这是一种佛学的境界,在他心中王朝云不仅是与他甘苦同当的知己,而且是晚年修心养性的诚挚道友。

纵观苏东坡的家庭,可以说是比较和美的。虽说都是患难夫妻,但恩爱相依。人们在研究苏东坡时,往往认为他能度过百般挫折的人生,是因为他有超脱尘世的人生智慧。但我认为,如果只有人生智慧是不够的,事实上和美的家庭给他温暖、给他支撑,帮助他在挫折和苦难中开创自己独特的辉煌。黄玉峰在《千古风流人物》中写道:"苏东坡一生大起大落,受尽挫折和苦难,但他终于走过来了,除了他的个性旷达外,一个重要原因,就是他有着丰富的感情生活,有着一个和美的家庭。"林语堂在《苏东坡传》中写道："苏东坡主要的魔力，是熠熠闪灼的天才所具有的魔力，这等天才常常会引起妻子或极其厚爱他的人为他忧心焦虑。"是的，家庭的温暖和亲人的情感支撑，会使一个智者真正在苦难中得到超越。

七

林语堂曾说过："像苏东坡这样的人物，是人间不可无一难能有二的。"法国《世界报》组织评选1001—2000年间的"千年英雄"，全世界一共评出十二位，苏东坡名列其中，是唯一入选的中国人。著名"苏学"专家、复旦大学教授王水照先生在《永远的苏东坡》中，阐述了说不全、说不完、说不透的苏东坡。说他是"百科全书式"的人物，是综合型的知识分子精英。是的，苏东坡"说不全、说不完、说不透"，当然感悟也不全、不完、不透。但是，我还想从苏东坡的贬谪经历中再次感悟他的魅力和智慧。

绍圣四年（1097年）四月十七日，苏东坡得琼州别驾、昌化军安置诰命，就与家人和好友诀别，然后携幼子苏过，在大约七月时到达儋州（昌化军）。他在惠州时写了一首《纵笔》诗："白头萧散满霜风，小阁藤床寄病容。报道先生春睡美，道人轻打五更钟。"据说这首诗传到京城，原来是他的好友、后来成为政敌的宰相章惇笑道："苏子瞻竟然如此快活。"于是他贬谪南荒儋州。关于这次贬谪，也许人们还会从超然自得、豁达大度、随遇而安来理解苏东坡的心态。但是，事实上这一次他有一种"视贬如归"的感觉。因此，他还没有到儋州，就写诗："他年谁作舆地志，海南万里真吾乡。"他已经有了经验，他知道，不管被贬到哪，都有百姓和他一起，有百姓就有"家"；他心中已有一个信念，不管被贬到哪，他都可以为百姓做事。他习惯这些，也俯视一切。以王水照、崔铭在《苏轼传》的话来说，那就是："'平生学道'的苏轼早已不再因境遇的穷达而心神不宁，也早已不再把自己与执政者放在对立的层面上傲然兀立，而是跳出是非恩怨的狭窄圈子，以一个了悟人生的智者的眼光与胸怀，俯视这一切。"

当时儋州的条件是比较艰苦的，一是气候环境恶劣，《儋县志》说："盖地极炎热，而且海风苦寒。山中多雨多雾，林木阴翳，燥湿之气不能远，蒸而为云，莫不有毒。"二是刚到时，生活条件也很糟糕，居无所、食无肉、出无友、读无书、写无纸……但是，这些对于苏东坡来说，已不算什么了；就是"初僦官屋以庇风雨，近复遭迫逐"他也无所谓。虽然有时他也有一些伤感，也只限于在给亲人、好友的书信中表露一些。

儋州百姓对苏东坡是同情和爱戴的，虽然苏东坡形同罪人，依然倍加景仰，表示出极度的热情。当时儋州知府张中也不错，冒着帮助罪臣的风险，找借口用官钱、役兵为苏东坡修缮旧官舍。可惜，董必奉宰相章惇之命察访时发现苏东坡住于官衙，就派人驱逐。后来，张中因此获罪，掉了官帽，但精神可嘉。苏东坡被从官衙驱逐出来后，在大家的帮助下，于绍圣五年（1098 年）五月建成五间茅屋，东坡命其名为"桄榔庵"，并作《新居诗》和《桄榔庵铭》。后来，为了教化汉黎百姓，苏东坡又开设课堂。课堂就设在他的学生黎子云家，取《汉书·扬雄传》中"载酒问字"的典故，苏东坡命名为"载酒堂"。

就这样，苏东坡与儋州汉黎百姓一起生活了三年。这三年的"功业"，按韩国强《苏轼居儋功业述评》一文的概述，一是劝导民族团结；二是敷扬中原文化；三是鼓动发展生产；四是传授治病秘方；五是倡改落后习俗。这好像不是一个"罪臣"的功业，而是一个圣人或"救世主"造福人间所做的事情。王水照、崔铭在《苏轼传》中写道："苏轼无论走到哪里，都有非凡的自信和本领，把'地狱'变成'天堂'。"这三年里，苏东坡就是把儋州当作他晚年超然自得的"天堂"。在这个"天堂"里有百姓、有朋友、有诗词、有情感……在这个"天堂"里，他可以为百姓做很多事情。

可以说，苏东坡在儋州生活三年，到后来基本上已没有"贬谪"或"退隐"的感觉了。因为他已完全与当地的人们融合在一起。他深情地吟咏："我本儋耳人，寄生西蜀州。"李泽厚在《美的历程》一书中论析"东坡意义"时说："东坡诗文中所表达出来的这种'退隐'心绪，已不只是对政治的退避，而是一种对社会的退避；它不是对政治杀戮的恐惧哀伤，也不是'一为黄雀哀，涕下谁能禁'（阮籍）、'荣华诚足贵，

品读篇

亦复可怜伤'（陶潜）那种具体的政治哀伤，而是对整个人生、世上的纷纷扰扰究竟有何目的和意义这个根本问题的怀疑、厌倦与企求解脱与舍弃。"我认为，苏东坡在儋州，不是"怀疑、厌倦与企求解脱与舍弃"，因为在他精神领域里有一种始终如一的爱国为民的信念。正是这样，使得他不论在任何境遇下，都忧国忧民、超然自得、不改其度。而在儋州，苏东坡的爱国为民的信念，更为突出；超然豁达的境界，更为明显。因为，儋州是适宜贬谪的地方。儋州人正直、事非分明，也好客、好学、不排外，与苏东坡的爱国为民、超然豁达的思想境界最为融洽。苏东坡不得不承认，其一生经历中"贬儋"是浓重的一笔，题诗"问汝平生功业，黄州惠州儋州"。从这点上来说，是东坡教化了儋州，也是儋州成就了晚年的东坡。

著名"苏学"专家张志烈在《苏轼黄州咏花诗审美解读》中说："他那爱国爱民，求实求真，独立不惧，潇洒自适的生活态度，成为历史上文化人倾慕的人格典型。"感悟苏东坡，自然就会倾慕苏东坡。但我们能学到苏东坡什么呢？

2021 年 10 月 11 日修改

风云跌宕的唐寅

秦淮地处南京城南，是个具有悠久历史文化的老城区，是南京市的发祥地，也是南京的文化摇篮。古往今来，多少文人墨客在秦淮河两岸击节吟咏，慷慨放歌，创造了光辉灿烂的历史文化，也留下了很多充满传奇色彩的故事。

公差南京，公务之余，我多次游览秦淮河。在欣赏秦淮河两岸的风光美景的同时，怀古抒情，感触甚多。我每次都想起一生风云跌宕的唐寅。想象他五百多年前潇洒倜傥，坐在江南贡院中，挥洒手中之笔，写出胸中韬略，写出他"江南第一解元"的风采；想象他与文徵明等好友畅游秦淮河畔，豪情万丈，风情绝伦，以其天赋之才，赢得"江南第一风流才子"的美誉；想象他落魄失意之时，沉湎酒中，放荡自己，但依然才能卓越，卖画为生，过着"闲来写幅丹青卖，不使人间造孽钱"的生活。

品读篇

唐寅生于明成化六年庚寅（1470年），卒于嘉靖二年癸未（1523年），字子畏，一字伯虎，号六如居士、桃花庵主、鲁国唐生、逃禅仙吏等。想起唐寅，主要是对他的一生有特别的感悟。他的一生传奇丰富，但"传误"多多。我最早感触到他，还是从香港电影《三笑》中。观看电影《三笑》，"华安"的形象、唐伯虎的才情深入人心。后来才知道，"唐伯虎点秋香"这一千古传奇故事版本多多，虚虚实实，真真假假，增添了唐伯虎的风流人生的色彩。其实，现实生活中，唐伯虎才情是真的，但奇闻佚事中，风流韵事、风光潇洒是虚的。他的一生充满悲剧性的色彩，使认为他一生风流潇洒、春风得意的人不愿接受。

唐寅出身于一个小商人家庭，家境不是很好。但唐寅从小聪明好学，十六岁时参加秀才考试，三场下来高中榜首，当上了"府生员"。"童髫中科第一"，这是何等的春风得意。他父亲自豪无比，唐寅更是不得了。据尤侗《明史拟稿》记载："（唐寅）童髫入学，才气奔放，与所善灵，纵酒放怀。"可见，唐寅成年后放荡不羁、潇洒风流的性格在他少年时已养成了。但是好景不长。他的父母、妻儿、妹妹等亲人相继去世，使家庭坠入困境。面对家道败落，唐寅心境郁闷忧愁，沉湎于酒中，放荡自己，以消胸中块垒。正是他放荡不羁的表现，使得在弘治十年（1497年）参加录科考试时，当时的监察御史，以他行事恣意放纵，又嗜酒宿娼为由，把才华横溢的他录为榜末。这对唐寅又是极大的打击。他从小禀赋超

090

人，才大志高，本想又中榜首，没想到差点落榜。不过，这一次的打击，反使唐寅振奋起来。也许是想要奋发图强，锐意进取，以科举功名告慰九泉下的亲人吧！

1498年，二十九岁的唐寅参加应天府的乡试，三场下来，夺得第一名解元。这是何等的风光之事。他得意之下，言诗："红绫敢望明年饼，黄绢深惭此日书；三策举场非古赋，上天何以得吹嘘。"他已怀着满腔的雄心壮志，看好京城的会试了。但他想不到，与他同行的江阴人徐经，贿赂主考书童事露，牵连到他。朝廷下诏把他们投入监狱，并贬为吏。

唐寅从南京解元到阶下囚，前后不到一年，一荣一辱，一喜一悲，把他推向心理的极限，从此，他绝意于仕途。弘治十三年（1500年），他回到苏州。饱尝了人情冷暖和尘世百态的他，更加放纵自己，麻醉自己。他经常纵酒眠花，借酒消愁，把愁绪流露在诗画里。弘治十八年（1505年），卖画发了一点小财的唐寅，买下了苏州城北的桃花坞，自号桃花庵主，吟咏《桃花庵歌》，过着淡泊功名利禄、专心读书作画的生活。但是他并不真正甘心寂寞，正德九年（1514年），他投靠宁王，发现宁王有兵变之谋，便装疯卖傻，借故逃离，事后消沉颓丧。到了晚年，他更加孤苦寂寞，靠卖画度日，哀叹："青山白发老痴顽，笔砚生涯苦食艰。湖上水田人不要，谁来买我画中山。"嘉靖癸未年（1523年），这位才华横溢的天才艺术家离开人世，年仅五十四岁。

对于唐寅悲剧性的一生经历，人们会有很多感慨。也许

品读篇

人们会想，如果唐寅所处的年代，没有官场黑暗、人情冷落，他给后人留下的文化财富会更加辉煌；也许人们会想，如果唐寅才情横溢，而不风流潇洒、放荡不羁，他的命运就会顺顺利利。难说了！天不妒英才，人也会妒英才。现实往往在关键的时刻跟人开玩笑，特别是爱跟才华横溢的人开玩笑。"多情便有多忧，多才便有多愁"，而多情多才是过失吗？又是谁的过失呢？

其实，唐寅应该是我国古代知识分子悲剧命运的典型。从唐寅的悲剧人生，我们可以联想到苏东坡、李纲、李德裕的贬谪；可以想象到几千年历史潮流中，多少文人墨客被"文字狱"所残害；可以想起，多少文人志士，苦苦追求真理，而杀身成仁。历史潮流里的点点浪花，有的是闪亮的，有的是暗淡的。但不管是闪亮还是暗淡的浪花，都会浸灭在潮流中。当潮流被翻滚时，重复的是否还是原来的浪花呢？

造物主总是把一些优秀的人物，在不同的时期推上历史的浪尖，让人们注目他们的命运。他们的命运是精彩还是悲惨，对于当时的人来说，过多的是观望和同情；而对于现在的人来说，只有过多的流传和评说了。每次漫步秦淮河畔，我都想，古人是否在意后人的流传和评说呢？如果在意，对于唐寅，就多说点才情，少说点风流；多说点风光，少说点失意吧！也许这样，唐寅在九泉之下会更加安息。

正因为有时会想起唐寅，因此每次见到桃花，就会想起他的桃花坞。为此，我曾有感口占七绝一首：

桃花坞里落红飞，

飞入传奇已变灰。

榜首解元穷卖画，

风流三笑喜中悲。

有机会，我还会再去观赏秦淮河的景象，也会寻找他曾居住的桃花坞，还会不断地想象唐寅的悲剧人生。我想，下一次我会想到更多。

2021 年 10 月 11 日修改

品读篇

行吟篇

我喜欢游历生活，行走过程中心灵的感悟是充满快乐的享受。我习惯口占成诗，以诗记实是我游历中愉快的插曲，吟诗记事，抒发情怀。

　　明代高启在《钟山云霁图》诗中写道："昔年游历处，今向画中看。"我也有忆游历、悟美感的爱好。

　　空闲时，来一次说走就走的文化之旅，然后快意行吟。你可以约我，我也可以约你。

　　当然，有时我只想独行……

湘南文化游

2019年暑假，我们儋州几个好友应湖南朋友之约，先到长沙、宁乡，后去湘南永州，美其名：湘南深度文化游。湘南的地域一般指衡阳、郴州、永州等地，衡阳我以前去过，郴州以后再说，这一次去永州看一看。

一

我们在宁乡看了一场《炭河千古情》，感受武王和宁妃凄美缠绵的炭河绝恋，就匆匆赶往祁阳县，那里有著名的浯溪碑林。

唐代杰出散文家、诗人元结两次任道州刺史。公元761年，他从箧中检出十年前率兵镇守九江抗击史思明叛军时写下的《大唐中兴颂》旧稿补遗，形成充满浩然正气的名篇，请颜真卿大笔书写并刻于摩崖上。此后，历代有二百五十多名文人墨客到此题诗作赋，铭刻石上，成为国内最大碑林。宋代著名文学家黄庭坚的长诗《书摩崖碑石》和宋代著名书法家米芾《浯溪诗》及清代何绍基、吴大澂等名家题名刻石的"浯溪新三铭"都显现在摩崖上。

我不太懂书法，对于摩崖上的"国宝"，不能从书法艺术的角度去观赏。但对于苍崖石壁，巍然突兀，连绵七十八米的摩崖诗文书法，能感受到它的雄伟壮观、气势磅礴。站在崖壁高处，远望湘江，我想起宋代郑蒨的诗句"岳麓长云合，湘江暮蔼收"。我体会到它的博大精深，诗意大发，念念有词。宋徽宗崇宁三年（1104年），大诗人、大书法家黄庭坚自鄂州赴宜州谪所，风雨中经过浯溪，"三日徘徊崖次"后，题七言长诗十四韵《书摩崖碑后有序》。此时，我口占七绝："字刻摩崖气势扬，碑林遗迹有华章。今来谒拜三生幸，胜境浯溪万古芳。"这不是仿效古人，而是举目情难抑。

之前，我有时认为，古人喜欢在游历之处题诗填词作赋挥毫，留下浓浓几笔，是沽名钓誉或附庸风雅，是标榜、显摆。但是此刻，我非常敬佩古人鬼斧神工、匠心独运之功力。书法、诗文之博雅，镶嵌于苍崖石壁险奇之上，实为千年胜境，万古流芳。

清代钱邦芑诗中写道："丰碑读一过，百拜不能休。"我没有"百拜"，但对于因文奇、字奇、石奇而被后人誉为"浯溪三绝"的《大唐中兴颂》摩崖石刻，我恭敬一拜。我真有点"不能休"，离开时，我还频频回头观望，依依不舍。

二

上甘棠村在江永县城西南，距县城二十五千米。现有四百五十三户居民，除七户是新中国成立后迁入的异姓外，其他都是周氏族人。周氏族人宋代以前就开始定居上甘棠村，世代繁衍。这体现了中国人家族延续的伦理道德和鲜明的宗族结构。

这些不足为奇，这样的传统村落，我之前见过。中国农耕社会里，血缘村落是一个独立完整的生活圈和文化圈，它保持着社会的某一种特征并得到延续。而当我走在始建于宋靖康元年（1126年）的三孔石拱桥——步瀛桥上，放眼四周时，我注意到上甘棠村名胜古迹甚多，碑亭楼阁完好，这使我对上甘棠村产生浓厚的兴趣。

村人信奉寿龟、神龟，因而有龟山、龟形台地、龟塔、寿龟凉亭等人文古迹。村子呈月牙形，周围的山势都是面向村子围着。有一条古老的石板路贯穿全村，路两边都建有店铺。历代村人讲"忠孝廉节"，崇文尚武。如画的山水、古色古香的建筑、朴素的民风，彰显平静与中庸的契合以及物化的环境观。

令人难以置信的是，村内至今仍保存着两百多幢明清时代的古民居，每一幢民居里，都展示着浓厚的耕读文化。在传统文化的传承上，我作过一些简单而粗略的思考，感叹过耕读文化的缺失。而在这里，我见到了中国传统耕读文化的

行吟篇

延续和传承，对此，我感慨万千。

张履祥在《训子语》里说："读而废耕，饥寒交至；耕而废读，礼仪遂亡。"这一观点，于今可能已没有太多的现实意义，因为耕读结合的价值取向已很少有人接受。但是，我依然赞赏"耕读文化"的务实之风；喜欢陶渊明"既耕亦已种，时还读我书"的思想境界。

三

从上甘棠村赶到道县周敦颐故居时，已是将近中午十二点。烈日当空，非常炎热，但是周敦颐故居前两个湖塘里的莲花，十分的绿油油。

刚下车，我就向湖塘边跑去，急着感受莲花的盛开景象。只见满塘的莲花，在夏日的骄阳里，亭亭玉立，争奇斗艳。同行的一位朋友高声吟咏："接天莲叶无穷碧，映日荷花别样红。"而我动情地低吟："予独爱莲之出淤泥而不染，濯清涟而不妖，中通外直，不蔓不枝，香远益清，亭亭净植，可远观而不可亵玩焉。"

"出淤泥而不染"，这就是雅丽端庄、清幽玉洁的莲花。作为宋朝儒家理学思想开山鼻祖、文学家、哲学家的周敦颐，在《爱莲说》中通过对莲花的爱慕和礼赞，表明自己对美好理想的憧憬、对高尚情操的崇奉、对庸劣世态的憎恶，给世人营造一个无比高洁的思想境界。

故居门口关闭着，说是不开放。欧阳中石先生题写的故居牌匾，在阳光的照射下格外的耀眼。联系当地的管理部门，才可进入参观。据介绍，周敦颐故居始建于北宋初年，为典型的湘南农村古式二层建筑，因年代久远，原故居已不复存在，仅留下了几段当年的石阶。现存建筑是2010年在原址上恢复重建的，面积为三百平方米。

虽然见到的不是原貌，但是我们也心满意足地离开了。当车子开动时，我禁不住地吟咏周敦颐《题莲》诗："佛爱我亦爱，清香蝶不偷。一般清意味，不上美人头。"

清意不上美人头，上我的心头。

四

在祁阳参观了李家大院，在九嶷山瞻仰了舜帝陵，接着就游览了科举状元、麻将鼻祖李郃的故里——宁远县下灌乡下灌村。入夜，住江永县城，一早去见识"江永女书"。

独特的"江永女书"，给人惊奇。它是现在世界上唯一存在的性别文字——妇女专用文字。女书字的外观形体呈长菱形的"多"字式体势，右上高左下低，斜体修长，秀丽清癯。乍看上去，好似甲骨文。

它主要流传于江永县上江圩一带，一般是女性在做姑娘时，由母亲或女长辈教会一部分女字，然后参加读纸、读扇的活动，在其中进一步提高认读水平，应用于妇女间的语言、书信、演唱活动中。它的发展、传承及其承载的文化信息构成了女书风俗，体现妇女追求自由、平等的理念。

行吟篇

解说员以永明土话展示文字的含意，读之声情并茂，唱之婉转缠绵，把我们带入一个神秘又感人的境界。

我们必须赞誉劳动妇女的伟大。

五

进入永州市区，无法随着当年柳宗元的足迹游览"永州八景"，我们只去柳子庙。

柳子庙，始建于北宋仁宗至和三年（1056年），是为纪念唐代政治家、思想家、文学家、永州司马柳宗元而建。庙为歇山顶式砖木结构，有戏台、中殿和后殿。庙内有柳宗元塑像和柳宗元生平历史陈列室，也留有一些石刻碑。石刻碑中，《荔子碑》最为出名，它因碑文首句"荔子丹兮蕉黄"而得名。《荔子碑》文章为韩愈所作，字为苏东坡所书，内容为颂扬柳宗元的事迹，世称"三绝"。

我无法从柳子庙的文物中，体会柳宗元贬谪永州的心境。在永州，他抑郁悲愤、思乡怀友，借山水游记抒写胸中的愤郁。为什么愤郁？"永贞革新"失败，昔日以"文章称首"的长安才子、文坛领袖、政坛新锐，被贬为永州司马外置同正员。但是，众多的不幸中有一幸：一个闲职，无所事事，可以游山玩水，玩出绝世的《永州八记》。

余秋雨先生在《柳侯祠》中说："炎难也给了他一份宁静，使他有了足够的时间与自然相晤，与自我对话！"柳宗元也曾经说过："余虽不合于俗，亦颇以文墨自慰，漱涤万物，牢笼百态，而无所避之。"

我想，应该是上天有意安排，让永州成就了柳宗元的文学辉煌。当然，也让柳宗元成就了世人皆知的永州。

2019年12月12日于那大

行吟篇

湘游感怀

己亥猪年暑期，应众友邀，赴长沙、宁乡后携伴湘南游。所到之处，以诗记事，吟咏感怀。

一

游黄兴故居

依稀战马立园庐，我信无公民国无。

众仰英才投笔志，君遗绝命誓言书。

凉塘垂柳今浓绿，碧血黄花永不枯。

告慰先驱天地泰，山河秀丽好征途。

中国近代民主革命家、中华民国的创建者之一黄兴的故居，位于长沙城东约十五千米长沙县杨托乡（今黄兴镇）凉塘村。黄兴先生为了民主革命，投笔从戎，多次组织武装起

104

义。黄花岗起义前，黄兴写了绝命书，表示革命决心；起义失败后，他写下了挽黄花岗七十二烈士联："七十二健儿酣战春云湛碧血，四百兆国子愁看秋雨湿黄花。"1916年10月31日黄兴于上海病故，国葬于湖南长沙岳麓山，孙中山先生亲自主持治丧活动。章太炎先生写给黄兴先生的挽联是："无公则无民国，有史必有斯人。"

二

范兄家做客

曾经共事写华章，今日登门喜满堂。

义重推心兄寄语，情真把酒我扶墙。

庭园雅致传诗礼，垄亩风和送稻香。

莫计人生多冷暖，闲居抱道得清凉。

因合作办学，有幸与范兄等人共事三年，同创佳绩。范兄系湖南宁乡人氏，乡下所居，庭园雅致，书香溢彩，稻香怡人。他偶尔回乡颐养，耕读怡情。己亥猪年暑期，我等应约欢聚，酒酣耳热，诗意盎然。

三

游周敦颐故居

门前伫足敬先贤，院内谁吟太极篇？

侧耳临窗听道义，抬头放眼望云烟。

105

三湘圣儒传经业，一代宗师爱翠莲。

不必劳心沽钓誉，修身立德甚安然。

宋代著名思想家、理学奠基人周敦颐的故居，位于湖南永州道县楼田村。周敦颐是"上承孔孟，下启程朱"的先贤，也被称为湖南历史上第一位"圣儒"。他的《太极图说》，一图一文，阐述其宇宙生成论、人与自然关系、修养方法等，并提出了一系列理学的要领范畴，在中国哲学史上有深远影响；他的散文名篇《爱莲说》，通过对莲的形象和品质的描写，歌颂了莲花坚贞的品格，从而也表现了作者洁身自爱的高洁人格和洒脱的胸襟。《管子·法法》中说："钓名之人，无贤士焉。"周敦颐虽身居官场，但没有百计钻营，也不沽名钓誉，始终不放弃读书治学，著书立说，修身立德。

四

谒永州柳子庙

幸有庙台祀圣贤，诚心谒拜玉堂前。

怜公远贬人情变，悔我迟来物景迁。

荔子石碑真绝事，永州八记是奇篇。

谁言司马闲无奈，迷恋山河笔墨穿。

柳宗元是唐代著名的政治家、思想家、文学家。"永贞革新"失败，昔日以"文章称首"的长安才子、文坛领袖、政坛新锐柳宗元被贬为永州司马外置同正员，谪居永州十年。永州柳子庙，始建于北宋仁宗至和三年（1056年），是为纪念柳宗元而建。珍藏于柳子庙的《荔子碑》，文章为韩愈所作，字为苏东坡所书，内容为颂扬柳宗元的事迹，世称"三绝"。余秋雨先生在《柳侯祠》中说："炎难也给了他一份宁静，使他有了足够的时间与自然相晤，与自我对话！"柳宗元也曾经说过："余虽不合于俗，亦颇以文墨自慰，漱涤万物，牢笼百态，而无所避之。"柳宗元任永州司马这个闲职，可以游山玩水，玩出绝世的《永州八记》。

五

谒浯溪碑林，口占七绝

字刻摩崖气势扬，碑林遗迹有华章。

今来谒拜三生幸，胜境浯溪万古芳。

公元761年，两次任道州刺史的唐代杰出散文家、诗人元结，从箧中检出十年前率兵镇守九江抗击史思明叛军时写下的《大唐中兴颂》旧稿补遗，形成充满浩然正气的名篇，请颜真卿大笔书写并刻于摩崖上。此后，历代有二百五十多名文人墨客到此题诗作赋，铭刻石上，成为国内最大碑林。宋徽宗崇宁三年（1104年），宋代著名文学家黄庭坚途经浯溪，"三日徘徊崖次"后，题七言长诗十四韵《书摩崖碑后有序》。

己亥猪年暑期，我登临之时，口占七绝。这不是仿效古人，而是举目情难抑。

己亥猪年（2019年）八月于那大

蓟州行吟

"五一"假期，受广州校友会之托，寻找景观之石，用于校园文化建设。在天津逗留之日，告假获准，前往天津市蓟州区，游览久仰的古城蓟州。蓟州，春秋时期称无终子国，战国时称无终邑，秦代属右北平郡，隋朝改名为渔阳，唐朝设蓟州。新中国成立后，属河北省下辖县，后划归天津市。

蓟州旅游景点很多，但因时间有限，我只游览黄崖关长城、独乐寺、盘山。游兴未尽，感慨良多，行吟记事，抒发心境。

一、游黄崖关长城

蓟州黄崖关长城始建于北齐天保七年（556年），因关城东侧山崖的岩石多为黄褐色，夕阳映照，金碧辉煌，素有"晚照黄崖"之称，关城因此得名。唐代，安禄山在此驻军并加以修筑，此事《方舆纪要》有记载："雄武城在州东北，唐天宝六载（747年）安禄山筑。"杜甫《渔阳》诗中写道："禄山北筑雄武城，旧防败走归其营。系书请问燕耆旧，今日何须十万兵。"明代，戚继光为蓟辽总兵时，重修黄崖关长城，增建凤凰楼、八卦街和许多楼台。明永乐年间建黄崖口关，成化二年（1466年）建太平寨，后经隆庆、万历年大修，建成设施完备的防御工程体系。清康熙《蓟州志》记载："黄崖关边墙九十三里，东起拦马峪，西至松棚顶，楼台四十五座，墩台八座，边储屯粮地三顷四十九亩七分。"新中国成立后，国家多次修复黄崖关长城并重点开放黄崖关和太平寨两个景点。

我们早上九点钟从天津出发，路上严重堵车，但假日里心情的放松，让我们有足够的耐心慢车前行。赶到黄崖关长城脚下时，已是下午三点多钟，此时，人多车多，热闹非凡，但匆匆的是西下的夕阳，而不是登古长城的人们。我远望崇山峻岭中的长城，眼中浮现战争的熊熊烈火；登上高矗的关隘口，放眼四周，却是一派祥和的景象。我们游览太平寨，在小瓮城前广场上瞻仰明末戍边修城名将、蓟州总兵戚继光的花岗岩塑像，又进入八卦城里观赏墨迹碑林。此时此景，诗兴大发，有感而吟：

黄崖险隘接天邻，适意登临景象新。

丽日青云皆耀眼，崇山峻岭总迷人。

太平寨口将军在，八卦城中墨迹真。

一派祥和歌盛世，古关晚照沐阳春。

二、夜宿蓟州城

从黄崖关长城赶到蓟州城时，已是傍晚七点多钟。有点累，但车子进入蓟州城时我却心旷神怡，兴奋不已。我想到夜宿蓟州城，抚古思今，一定令人胸舒意展。

蓟州城不大，夜间的城区风貌不是很繁华，与天津市区相比，有灯火零落之感。但是，它毕竟历史悠久，春秋战国之时就立国建邑，因此透过夜幕还感觉到浓郁的古香古色。车子路过的街道，借着路灯还见到一些古建筑，有白塔、鼓楼、寺庙、古城台、古桥等等。

蓟州的朋友准备了特色酒菜，为我们接风洗尘。酒后，入住宾馆，更累了，但也睡不着。我靠窗远眺，想起唐代沈佺期的诗《夜宿七盘岭》："独游千里外，高卧七盘西。晓月临窗近，天河入户低。芳春平仲绿，清夜子规啼。浮客空留听，褒城闻曙鸡。"这是诗人抒发惆怅不寐的愁绪，表达自己被流放他乡的哀苦心情。我当然没有沈佺期的惆怅心境，但也反复吟咏："晓月临窗近，天河入户低""浮客空留听，褒城闻曙鸡"。

可是，此地不是七盘岭，此时也没有"晓月临窗近"的情景，我也没有"浮客空留听"的感觉。我在听着风儿诉说，我知道风儿吹来的是远古的楚韵声，在诉说一个个远古的传奇故事。我念念有词，口占五绝一首：

111

夜宿蓟州城，风吹楚韵声。

谁人同入梦，共论古今情。

三、谒独乐寺

昨晚酒桌上，朋友建议我去看一看千年名刹独乐寺，说是独乐寺的建筑风格令人震撼。这点我也久有所闻，因此，第二天早起，吃了蓟州的特色早餐——羊肉汤，就赶到独乐寺。

独乐寺里最古老的建筑是山门和观音阁，均为辽代所建，现存建筑的木质结构部分为当时所建的原物。山门是我国现存最早的庑殿顶山门，面阔三间，进深两间，中间是穿堂，正脊两端的鸱吻造型生动古朴。山门梁柱粗壮，斗拱雄硕，"升起"和"侧脚"很明显，进入山门，就让人有巍峨雄壮、庄严瑰丽的感觉。观音阁的建筑风格更加独特，真的是令人震撼。据有关资料介绍，观音阁用二十八根立柱，里外两圈升起，用梁桁斗拱联结成一个整体。斗拱繁简各异，共计二十四种，一百五十二块，使建筑既庄严凝重，又挺拔轩昂。三层楼阁，中间做成暗层，省去一层瓦檐，避免了拥簇之感，暗层处里外修回转平台，供人礼佛和凭栏远眺。

我想起了明代诗人唐之淳的五言律诗《登独乐寺观音阁得闻字》："层级带城云，仙凡此地分。野花为佛供，庭柏当炉熏。雨坏檐前铎，蜗添石上文。凭虚应领妙，亦足破声闻。"我凭借清晨彩霞的映射，寻找古建筑的艺术光芒，也想象"凭虚应领妙，亦足破声闻"的感觉。但是，我的心底始终处于渺茫之中，因为没有专业的素养体会梁思成所称赞的独乐寺那种"上承唐代遗风，下启宋式营造"的建筑风格。

不过，我从独乐寺建筑格局和风貌，能感受到独乐寺满载的历史沧桑和诠释的历史音符，体会到时光的荏苒和岁月的变迁。当年安禄山"起兵反唐"时，在此誓师，提出"思独乐而不与民同乐"，这是"独乐寺"寺名的由来。就这一个荒唐的"号令"，注定安禄山的失败。江山是人民的，历史也是人民的，独乐而不同民乐，能拥有美好的江山和辉煌的历史吗？《孟子·梁惠王下》说："独乐乐，与人乐乐，孰乐？"当然是"不若与人"乐。范仲淹说："先天下之忧而忧；后天下之乐而乐。"这才是为政者应有的忧国忧民情怀。

独乐寺已有一千来年的历史了，目前还保持初建时的基本风貌。它不是安禄山的"独乐寺"，而是人民大众的"共乐寺"，必然会永久昌盛。感怀之时，吟诗七绝一首：

凝重庄严虽渺茫，千年屹立且浓妆。

悠然共乐不独乐，国泰民安必大昌。

四、登盘山

盘山始记于汉，兴于唐，极盛于清。相传东汉末年，无终名士田畴不受献帝封赏而隐居于此，因此人称此山为田盘

113

山，简称盘山。

现在的盘山，已成为自然山水与名胜古迹并著、佛教文化与皇家文化相融的旅游休闲胜地。最吸引人的是蓟州打出了一张旅游名片，说乾隆皇帝先后巡幸盘山三十二次，留下了很多诗作和墨宝，发出了"早知有盘山，何必下江南"的感叹。

假日的盘山景区，人山人海，非常拥挤。步行登山，因路陡会很艰难，耗时也会多，我们只好乘坐观光索道车上山游览。盘山风景独好，索道游览车缓慢地穿过崇山峻岭，近可观赏怪石奇松的雅致，远可眺望山岭灵秀壮美的恢宏，处处是天成的画卷。登上山顶，甚觉悠然，心情坦荡，脑袋灵光，眼界开阔。但是，乾隆帝弘历诗中"寺楼坐空翠，天籁披潇洒"的意境，我感受不到；古诗"山色葱茏入胜境，空谷低回溪流声"所描写的佛教净地的空灵，我也很难体会。

显然，我没有禅心、禅意，不能入禅。但是我有诗意，下山之时，我口占七绝，并反复地吟咏：

山间怪石伴奇松，日照葱茏映水淙。

入境不游空谷处，担心失慎毁仙踪。

2021年5月于海南儋州

114

湘西吟记

2013 年 5 月，应友人之约，从长沙前往贵州铜仁考察明德中学托管的衡民中学。此行，虽是教育考察，也是湘西文化之旅。所到之处，均以诗为记。选录三首，追忆旧游。

一

瞻仰沈从文故居

门前驻足仰庭光，屋小能容火凤凰。

日远窗前灯影息，主人不在商家忙。

沈从文的故居位于凤凰城南中营街，是一座典型的南方四合古院。古院正中有小天井，用方石板铺成。天井四周为砖木结构的古屋。房屋矮小，虽无雕龙画凤，但显得小巧别致，古色古香。特别是雕花的木窗带有湘西特色，格外引人注目。1902年12月28日，沈从文就出生在这里，他的童年就是在这里度过。

瞻仰沈从文故居是一件美事，是我这次凤凰城之行的目的之一。著名诗人公刘把沈从文称颂为"火凤凰"，这只"火凤凰"就是从这里展翅飞奔。但是，此行有着很大的失落感。前年，凤凰古城是否应收门票的事，在网上争论不休，最后以收门票为结局。关于收门票，我没有太多的异议，有关部门收一些管理费用，是可以理解的。但是作为一代文豪的沈从文的故居，也作为经商之地，真令人费解。

我读过刘红庆写的《沈从文家事》，书中有沈从文长子沈龙朱的讲述。他说，现在他们回到凤凰城，已不可能回家了，因为有关部门已把他们的家租给别人经商。这真是"主人不在商家忙"。

我突然想起，郁达夫在《怀鲁迅》中写道："没有伟大的人物出现的民族，是世界上最可怜的生物之群，有了伟大的人物，而不知拥护、爱戴、崇仰的国家，是没有希望的奴隶之邦。"虽然，郁达夫这句话不适合时世，但也告诉我们一个"伟人是国家脊梁"的道理。

沈从文已魂归故里了，他的骨灰一半撒在沱江上，一半葬于凤凰城穿东门沿河而下约一千五百米的听涛山。沈从文一生著作等身又富有传奇，但始终淡泊明志，为世人所崇敬。下次到凤凰城来，一定到沈从文的墓前拜祭。

二

游湘西凤凰城

灵山秀水凤凰乡，吊脚楼台似画廊。

小巷幽幽藏怪异，沱江静静诉沧桑。

难从古雅观神韵，惯看民风论世昌。

别样边城多百样，喧嚣甚是乱诗肠。

湘西的凤凰城是一座风情别具的古城，传说有一对凤凰从这里拍翅而起，小城便有了这个美丽的名字。它被称为"深山里的城池"，曾被新西兰诗人路易盛誉为"中国最美丽的小镇"。

我最早是从沈从文的书中，读出凤凰古城的美：静静的沱江上，流淌着一种远离尘世的和谐与静谧；吊脚楼台展示着苗家人生活的精致；石板小路连着幽幽的小巷，古老、神秘、怪异……

夜入凤凰，细雨纷飞，深山的五月还有凉意。晚饭后撑着伞，徜徉在古城幽幽的小巷的人流中，难于感悟历史洪荒铸造的神异。而歌台舞榭、灯红酒绿之喧嚣，给人一种烦躁而无奈的感觉。

早起，天晴。又走小巷，观沱江。吊脚楼台真的很像一排排的画廊，小巷里好像真的藏有各种难以置信的怪异。这里的民风，和沈从文书中描述的是有变化了，时尚了很多。

117

这些变化，使曾游离于现代文明之外的凤凰城，散发出一种怪怪的味道。

参观了沈从文故居和熊希龄故居，就赶往贵州铜仁。途中，打算停留一天，游览沈从文笔下的"边城"，体验一下翠翠家的摆渡，看一看翠翠家旁边的白塔……

三

游"边城"口占七绝一首

此处边城三不管，山明水秀映云霞。

码头摆渡今还在，不见当年翠翠家。

途经湘西游览凤凰古城后，又顺路赶往沈从文笔下的"边城"，说是体验一下翠翠家的摆渡，看一看翠翠家旁边的白塔……

《边城》是沈从文的代表作，发表于 1934 年，展示给读者的是湘西和谐的生命形态。小说描写了山城茶峒码头团总的两个儿子天保和傩送与摆渡人的外孙女翠翠的曲折爱情。《边城》中的一切都是那样纯净自然，展现出一个诗意的自然环境与人类社会。然而，最终美好的一切只能存留在记忆里。天保与傩送一个身亡、一个出走，摆渡人也在一个暴风雨的夜晚死去，一个顺乎自然的爱情故事以悲剧告终。

一直以来，人们总以为沈从文笔下的"边城"，就是沈从文的家乡凤凰古城，其实不对。也有人认为沈从文笔下的"边城"在湖南省花垣县的茶峒镇，现在已改名为边城镇，地处湘黔渝三省市交界。但，沈从文笔下的"边城"，应包括重庆市秀山县洪安古镇。此处也属湘黔渝三省市交界，当地人称为"三不管"地域，有"鸡鸣三省"之说。

我们到达洪安古镇时，已是下午五点，把行李放到三不管岛度假酒店后，就急匆匆地去码头。码头里停放几排小船，河堤边的树林下坐着一些悠闲的人，河滩上有人垂钓，孩子们在河里戏水。山上的白塔在夕阳的映照下，格外醒目，虽然沉默无言，但似乎想对我们说些什么。就是没有人知道翠翠的家在什么地方。

我们坐一会游船，跨越三省；傍晚时分，又漫步在边城小镇里。边城很美，山明水秀，幽静雅致，像一幅似曾相识的名画。难得的是，边城古镇还保留着一丝古典的静穆。没有人不喜欢这种静穆，它流淌在梦幻里……

离开洪安时，我反复地念着《边城》结尾的一段话："可是到了冬天，那个圮坍了的白塔，又重新修好了。那个在月下唱歌，使翠翠在睡梦里为歌声把灵魂轻轻浮起的年青人，还不曾回到茶峒来。这个人也许永远不回来了，也许'明天'回来！"

我想，这个人后来应该回来了，只不过已找不着当年翠翠的家。

2021年10月11日修改

119

黄州之行

2013年初冬，我到黄冈参加东坡文化传播活动。在活动期间，黄冈当地的"苏学"专家王琳祥陪同我与韩国强先生寻访苏轼在黄州的遗迹。我们先寻访临皋亭、定惠院、天庆观、雪堂等遗迹，再寻访东坡躬耕之地。所到之处，我均吟诗为记。选录两首，追忆旧游。

一

寻访临皋亭遗迹有感

临皋亭里好栖身，滚滚长江宜作邻。

天地灵光多善意，人间学士甚痴心。

二赋抒怀情激烈，七夕纳妾义深沉。

我今造访无缘分，不见苏公自对吟。

苏轼被贬到黄州后，原先寓居定惠院。元丰三年（1080年）六月，因家眷抵达黄州，人多难以安身，不得不迁居临皋亭。临皋亭位于黄州城外，古名回车院，是朝廷命官巡视黄州的驿馆。

临皋亭遗迹现在黄冈中学初中部的校园里，根据王琳祥先生的介绍，长江改道之前，临皋亭离江边不远，坐在临皋亭里，可以看到长江之水。

对于苏轼来说，有了全家栖身之所，哪怕只是个简陋的江边驿站，也已经感到心满意足了。他在《迁居临皋亭》中写道："全家占江驿，绝境天为破。饥贫相乘除，未见可吊贺。澹然无忧乐，苦语不成些。"表达了自己的喜悦之情。他在《临皋闲题》中写道："临皋亭下八十数步，便是大江，其半是峨眉雪水，吾饮食沐浴皆取焉，何必归乡哉！江山风月，本无常主，闲者便是主人。"寓居临皋亭，亭下数十步便是大江，长江之水，源于雪山，流经他故乡眉山的岷江，现在喝的长江水有一半是故乡之水，长江水是多么的亲切。听那语气，仿佛自己是来黄州消闲度假，从来没有过"乌台诗案"那档子事。他寓居临皋亭时还纳王朝云为妾，七夕之夜携王朝云登上黄州南朝天门楼上，还即兴口占两首《菩萨蛮》词。"画檐初挂弯弯月，孤光示满先忧缺。遥认玉帘钩，天孙梳洗楼。佳人言语好，不愿求新巧。此恨固应知，愿人无别离。"这是其中一首，寄托他与王朝云的情意之真切。

但是苏轼得意不忘形，他平心静气时，会觉得无限江山

行吟篇

并不能消磨心中的怅惘；眼前的快乐，并没有冲淡"乌台诗案"的乌烟瘴气。他在《迁居临皋亭》一诗中写道："我生天地间，一蚁寄大磨。区区欲右行，不救风轮左。"正因为他得意不忘形，所以心中充满愤慨和激情，写下了光照千载的传世作品"一帖二赋"——《寒食帖》《前赤壁赋》《后赤壁赋》。

我读过林语堂的《苏东坡传》，林语堂曾说过："像苏东坡这样的人物，是人间不可无一难能有二的。"法国《世界报》组织评选1001—2000年间的"千年英雄"，全世界一共评出十二位，苏东坡名列其中，是唯一入选的中国人。

二

寻访苏轼在黄州躬耕的东坡口占一首

学士躬耕为养家，说来世道乱如渣。

谁知忍辱成功业，得号东坡万代夸。

我们先寻访临皋亭、定惠院、天庆观、雪堂等处，再寻访其他东坡遗迹。现在，苏轼当年躬耕之地东坡，已高楼林立，是黄冈市一些机关单位的办公场所和一些居民的住宅。虽然有王琳祥先生的指引，但我们也很难看出东坡的任何遗迹。只有按书本的描述和王琳祥先生的现场介绍来发挥想象，并作一些思考。

可以说，苏轼谪居黄州的前两年，是他人生旅途最困苦的时期，即使是后来被贬到儋州时也没有这么困苦。当时，由于没有俸薪，家口太多，生活没有来源，而面临饥寒交迫的窘境。他的老朋友黄州通判马正卿在关键时刻，为他指出了一条新的人生之路，就是自食其力、耕种养家。

马正卿曾做过太学正，清苦有气节，性情不合时宜；但他与苏轼性情还投合，所以一直跟随苏轼。他向黄州知州徐君猷乞求一些土地，让苏家耕种，解决生活困境。徐知州慷慨地将郡中故营地数十亩拨给苏轼，让苏家无偿耕种，以缓解眼前的生活困境。

故营地是黄州厢兵过去练兵之地，皆为茨棘瓦砾之场，原本就不是耕种之地。开耕当年大旱，苏轼饱尝开荒种地的艰苦。当他"筋力殆尽"之时，"释耒而叹"："废垒无人顾，颓垣满蓬蒿。谁能捐筋力，岁晚不偿劳。独有孤旅人，天穷无所逃。端来拾瓦砾，岁旱土不膏。崎岖草棘中，欲刮一寸毛。喟然释耒叹，我廪何时高？"

苏轼躬耕的故营地，位于黄州城中，因其西高东低，黄州人素以"东坡"称之。陆游的《入蜀记》中说："自州门而东，冈垄高下，至东坡，则地势平旷开豁，东起一垅，颇高。"这里描述的就是黄州"东坡"。

从实际上来说，苏轼躬耕是为了解决生活困难的问题。而我认为，苏轼躬耕寻找的是一种思想的寄托。苏轼晚年，写了大量的"和陶诗"，有仿效陶渊明的意思。其实，他在青壮年时，对陶渊明已很崇敬。所以在黄州时的躬耕，也是学

123

陶渊明躬耕田亩。当时，他曾写信给王定国说："近于侧左得荒地数十亩，买牛一具，躬耕其中。今岁旱，米贵甚。近日方得雨，日夜垦辟，欲种小麦。虽劳苦却亦有味。邻曲相逢欣欣欲自号'鏖糟陂陶靖节'，如何？"

陶靖节即陶渊明。陶渊明死后，他的友人私谥以"靖节"，因此后来人称陶渊明为"靖节先生"。而当时，苏轼在困境中，除了仿效陶渊明外，也想到性情乐观的白居易。苏轼喜欢白居易的诗，也认为白居易忠厚好施、刚直尽言的个性与自己的性格相似。白居易写过《东坡种花》诗二首，后来在《步东坡》中写道："朝上东坡步，夕上东坡步。东坡何所爱，爱此新成树。"苏轼认为白居易种花树的"东坡"与自己现在耕种的"东坡"，是机缘巧合。因此，放弃"鏖糟陂陶靖节"的称号，决定自号"东坡居士"。我记得，苏轼在开拓东坡的那段时间，写了八首关于自己躬耕田亩的诗。他将其归纳，定名为《东坡八首》。寻访东坡遗迹之时，我们一起断断续续吟咏《东坡八首》中的诗句，一起体会苏轼随遇而安、知足常乐、豁达大度的心态。

"众笑终不悔，施一当获千。"这是《东坡八首》最后一首的最后一句。我一直熟记这句！

2021 年 10 月 11 日修改

124

中原之旅

2012 年 8 月，正是暑期，结伴作中原文化之旅，游览白马寺、龙门石窟、包公祠、少林寺等地。所到之处，诗兴大发，均口占成诗。

一

据《洛阳县志》的记载，自清代顺治十五年（1658 年）起，洛阳就有"九朝古都"之称。而实际上，经过后来的考古发掘和大量翔实的历史文献验证，洛阳是十三个王朝的建都之地和八个朝代的陪都。

白马寺位于洛阳市东约 12 千米处，北依邙山、南临洛水，在国内佛教界有着"释源""祖庭"之称，也被誉为"中国第一古刹"。

据记载，东汉永平七年（64 年），汉明帝刘庄因梦见金人而派大臣出使西域拜求佛经、佛法。出使西域的大臣，在大月氏遇到印度高僧摄摩腾、竺法兰。永平十年（67年）印度二僧随汉使以白马驮经书和佛像回京城洛阳。永平十一年（68年），汉明帝为了纪念白马驮经归来而建白马寺。东汉末年，董卓火焚洛阳时，白马寺被毁，其后又屡毁屡修。白马寺盛极于唐代，现有的格局是明嘉靖年间修建，寺内主要建筑分布在由南向北的中轴线上，依次为山门、天王殿、大佛殿、接引殿、毗卢阁；辅助建筑有钟楼和印度高僧摄摩腾、竺法兰墓及碑等。

我怀着久仰的心情，游览白马寺。虽然我对佛学没有太多的研究，进入佛门圣地，不知道如何"礼佛"才好，但是，我懂得必须恭敬慎言。可是，徜徉在白马寺里，我突然产生一种莫名其妙的疑问：如果白马驮回的不是经书，而是其他能影响国人文化观念的东西，那么中国会是什么样子呢？

我这样说，并不是怀疑佛教的博大精深，而是反思它对国民意识的影响。梁启超先生在《佛教心理学浅测》中说道："倘若有人问佛教经典全藏八千卷，能用一句话包括他吗？我便一点不迟疑答道：'无我、我所。'"试想，如果国民都推崇"无我、我所"的意识，那么国家将会如何发展呢？傻想中，有感口占五绝一首：

白马驮经归，国人热泪飞。

齐读千百载，谁见有慈悲？

二

龙门石窟位于洛阳城南十三千米处，有"峭壁千龛，天阙奇观"之说。它始凿于北魏孝文帝迁都洛阳之际（493年）。此后，历经东魏、西魏、北齐、隋、唐和北宋诸朝，长达六百余年大规模的营造，在伊河两岸南北长达一千米的崖壁上，似蜂窝一般参差错落地排列着大大小小的窟龛二千三百四十五个、碑刻题记二千八百多块、佛塔七十余座、造像十一万尊。

为什么出现这一现象？原因就在于，历代特别是北魏和唐代皇室均崇奉佛教，热衷造像祈福，而贵族大臣们也竞相趋附。因此，地处京都近郊，石质、环境、气候、交通等方面都优良的龙门，就成为佛教造像圣地。

统治阶级之所以开窟造像，无非就是想佛光保佑江山万代，而事实上，有哪一个朝代能在佛光的照耀下千秋万代呢？历史的事实证明：哪一个朝代腐败，哪一个朝代就会灭亡。面对历史的变迁，峭壁上的佛尊，不言而语；伊水潺潺，又在细说什么呢？

梁启超先生在《论佛教与群治之关系》中指出："凡立教者，必欲以其教易天下，故推教主之意，未有不以兼善为归者也。"这是梁启超先生在阐述佛教"兼善而非独善"的信仰。立教的封建统治阶级，能做到"兼善"吗？！口占七绝一首：

行吟篇

开窟造像为灵光，峭壁千龛未淡妆。

敢问佛尊知得否？哪朝腐败哪朝丧。

三

金、元、明、清以来，开封一直建有包公祠。现在的包公祠，是仿照历史文献记载中的包府模样建造的，位于包公湖西南，东与开封府相互呼应，落成于1987年9月。建筑面积二千二百平方米，祠内主要建筑有大殿、二殿、东西配殿、半壁廊、碑亭等。大殿有包公坐像，蟒袍冠带，正气凛然。坐像上方，悬挂着额匾"正大光明"。

门前驻足，谁都会有仰望青天之感；而走进祠内，谁都会有"目肃步沉"之觉。包青天的威严，真的是震撼人心，让你直觉忠奸之分、善恶之别。我恭恭敬敬地拜三拜，一拜为峭直；二拜为清廉；三拜欲问当今"关节事"。我真想知道，如果清廉刚直的包大人再世，他又会如何面对当今种类繁多、花样百出的"通关节"之事。

离开包公祠，我坐在旅行车上久久的沉思。我想起德国哲学家叔本华的一段文字："我们要从构成各个人的利益和感情的那些共同的因素，来观察这般历史人物。他们之所以为伟大人物，正因为他们主持和完成了某种伟大的东西；不仅仅是一个单纯的幻想，一种单纯的意向，而是对症下药适应时代需要的东西。"

我觉得，不管是从利益还是从感情上来说，在北宋，包公主持和完成了适应时代需要的东西。而事实上，任何时代，都会急切呼唤着能主持和完成适应时代需要东西的人物。从这点上来说，当今社会，也在渴望包公。当然，也在渴望与包公同朝代的欧阳修和苏轼。王水照和崔铭在《欧阳修传》中，把欧阳修评说为"达者在纷争中的坚持"；在《苏轼传》中，把苏东坡评说为"智者在苦难中的超越"。

　　不管是主持、坚持还是超越，都是伟大人物对社会和历史的支撑。这种支撑是一种时代的使命，也是一种历史的警示。有感口占七绝一首：

> 门前驻足仰青天，确信忠奸分两边。
> 欲问当今关节事，恭恭敬敬拜先贤。

四

　　少林寺位于河南省登封市西北十三千米的中岳嵩山南麓，建于北魏太和十九年（495 年）。北依五乳峰，周围山峦环抱、峰峰相连、错落有致，形成了少林寺的天然屏障。嵩山东为太室山，西为少室山，各拥三十六峰，峰峰有名，少林寺就是在竹林茂密的少室山五乳峰下，故名"少林"。

　　少林寺是中国佛教禅宗和少林武术发源地，故有"禅宗祖庭，武林胜地"之称并享誉天下。少林寺建寺以来，经历了数废数兴的曲折历史。据记载，北周建德三年（574 年）武

129

帝禁佛，寺宇被毁；隋代大兴佛教，敕令复少林之名，赐柏谷坞良田百顷，少林寺成为北方一大禅寺；唐初秦王李世民消灭王世充割据势力时，曾得寺僧援助，少林武僧遂名闻遐迩；唐会昌年间，武宗禁佛，寺大半被毁，迄唐末五代，寺渐衰颓；元初，世祖命福裕和尚住持少林，封赠为大司空开府仪同三司，统领嵩山所有寺院，一时中外僧众云集，演武礼佛，僧众常有两千人左右；元末农民起义，红巾军至少林寺，僧众散逃；明代先后有八位皇子到寺内出家，屡次诏令大修，寺院规模有所发展；清代康熙、雍正、乾隆诸帝亦很关心少林寺，或亲书匾额，或巡游寺宇；1928 年，军阀混战，军阀石友三火烧少林寺，把天王殿、大雄宝殿、法堂和钟楼等主要建筑统统毁于一炬，许多珍贵的藏经、寺志、拳谱等烧成灰烬；1982 年后，国家为方便中外文化交流对少林寺进行了大规模修复重建，现已形成以山门、天王殿、大雄宝殿、藏经阁、方丈室、立雪亭、西方圣人殿为主题的嵩山少林建筑群，天下第一名刹焕发出新的光彩。

现在嵩山少林寺景区是国家 5A 级旅游景区，联合国教科文组织将"天地之中"等八处十一项历史建筑列为世界文化遗产。这是好事，一方面发展旅游，拉动经济，弘扬传统文化；另一方面是尊重历史，保护文化遗产。但是，我总感觉，佛门重地，千年文物之处，商业过盛，让人心理反差太大。但愿，千年名刹的风派与神韵，能发扬光大，不因"商业化"的影响而退化。有感吟诗三首：

（一）

从小不安分，梦中仰少林。

今来心未静，抬眼寺台深。

（二）

驻足山门下，抬头法界宽。

千年名古刹，兴废也宗源。

（三）

寺深山色静，涧响禅心灵。

此处容思过，佛怜面壁情。

2012年8月20日

行吟篇

闲

谈

篇

总想有清闲的心情和安逸的兴致，这样就可以安静而又随意地思考一些问题。而思考问题了，就有"话题"，就得写文章。这就是我的"闲谈"。

　　我觉得，闲谈不管是欲说还休，还是淋漓尽致，必须发自内心，显出真诚，表现正能量。

　　谚语说："静坐常思己过，闲谈莫论人非。"我常常自我反省，但从不会论人非。我"闲谈"的是无关紧要的事，是就事论事的思考和看法。

　　不求共鸣，权当抛砖引玉。

不能让"严重危机"出现

我有逛年市的习惯，而逛年市的雅兴就是到市场去看对联。我看对联，一是了解购买的行情，从中观察人们的思想动态，算是作一个社会调查；二是找一找是否有符合传统文化要求的对联。

我这一"雅兴"有点不可思议，说来有点好笑，但我有我的道理。这是"闲情逸致"，不是"挂颊看山"。从购买的行情，特别是从购买者选购的对联内容，可以观察到人们思想状态的变化，这点上，我每年都有收获，从来没有失望。但是，我基本上找不到符合传统文化要求的对联，这是经常失望的。

最近，有一所高校举行七十周年校庆活动，参加校庆活动的校友在朋友圈上发了一些图片。从发出的图片中，我注意到挂在校门的对联，不仅左右不分，而且对联的格律也不

135

合。关于这点，有网友这样评论："写的也不是对联，是政治口号。"有些网友还挖出另一所更有名的高校，八十五周年校庆时在校门悬挂的对联也差不多存在同样的问题。我们不能说，这些高校没有人会撰写对联，因为他们有中文系的专家教授，有爱好传统文化的学者。但我们可以说，他们对传统文化太不重视了。

中国人有"厚古薄今"习惯。人们为什么会"厚古"？因为古代有很多值得我们学习和借鉴的东西。但是，有些人认为，传统文化里的一些内容属于封建性的糟粕，这些"繁文缛礼"应该剔除。是糟粕的东西当然是必须剔除，我们不能如鲁迅先生所批评的：把远年的红肿溃烂，赞之为"艳若桃花"。但问题是大家真的还弄不明白什么是糟粕的东西。

五四运动时的"新文化运动"，一方面造就了具有独立人格和自由思想的个人，培养了公民的权利意识；另一方破除了民族文化传统的神圣性，使人们知道传统文化非神圣不可以改变。是的，传统文化是可以改变的，我们已改变了"三纲五常"，取消了"叩头、请安、长跪、伏、唱喏、恳恩"之礼，因为这些东西是禁锢我们思想意识的"奴隶之风俗"。但是，我们不能一说到传统的东西就如临大敌，把所有的东西都拒之为快。关于这个问题，毛泽东有过回答：封建社会的东西并不等于都是封建的东西，其中有不少包含人民性的东西，即使是封建的东西也要分析。（陈先达《马克思主义哲学是大智慧》）难道诗词、对联的格律精华也"剔除"

了之吗？对联是一种独特的文学艺术形式，它始于五代，盛于明清，迄今已有一千多年的历史。它讲究对仗工整，遣词典雅，寓意深刻，规格严谨。我们不能因为它难理解、难掌握就可以不讲究规则或排斥它。如果是这样，我们就对不起老祖宗了。

中华文明是中华民族文化、风俗、精神的总称，它有丰富的思想内涵和优美的语言文字。它最初形成了"礼、乐、射、御、书、数"六艺，后来衍生出书法、音乐、武术、曲艺、棋类、节日、民俗等等。如果只从现在的表现形式上来说，它包括古文、诗、词、曲、赋、民族音乐、民族戏剧、曲艺、国画、书法、对联、灯谜、射覆、酒令、歇后语等等。

也许会有人问，面对这些貌似杂乱的东西，我们要传承和弘扬什么呢？我个人认为，是优秀传统文化的就必须传承和弘扬。事实上，我们不但看到对传统对联、诗词的学习已严重缺失，而且会发现中华民族的伦理道德越发得不到尊重。这些"缺失""不尊重"和"忽略"造成一些人的人生观和价值观被歪曲。优秀传统文化是一个国家、一个民族传承和发展的根本，如果丢掉了，就割断了精神命脉。休谟在《人性论》中写道："人生中如果没有独立于道德感的某种产生善良行为的动机，任何行为都不能是善良的或在道德上是善的。"是的，没有善良行为的动机，就没有善良的行为。

我认为，在传承中华优秀传统文化上我们需要善良行为的动机，这一动机就是学习上"不缺失"、思想上"应尊重"、

137

行为上"不忽略"。近几年来,我在学校里开设高中语文校本选修课,给高一年级的学生讲授"东坡文化",给高二年级的学生讲授"对联与古诗词的写作"。从学生渴望的眼神里,我看到了"善良行为的动机"。学生是感兴趣的,而且学得很好。作为课时量很小的校本选修课,不可能给他们讲得很多,但是,能激发他们的学习动机,培养他们的学习兴趣,就达到我的教学目的了。

美国学者休斯顿·史密斯在《人的宗教》第四章《儒家》中写道:"当传统不再足以把社会维系在一起时,人类社会就遭遇到前所未见的严重危机。"这应该不是危言耸听。何新在《评费正清〈美国与中国〉》中写道:"重新挖掘和解释传统的目的,不是由于历史学者具有一种考古的兴趣,而是为了正确地认识和理解现代。"这讲明了我们学习和传承传统文化的实质。

马克思说:"人们自己创造自己的历史,但是他们并不是随心所欲地创造,并不是在他们自己选定的条件下创造,而是在直接碰到的、既定的、从过去承继下来的条件下创造。"是的,我们需要在"承继下来的条件下创造"。但是,一些有识之士在叹息:"致力于中华传统文化研究的队伍已经老成凋谢、后继无人、资金短缺、士气消沉。"事实上,现在中国的青年才俊们只一窝蜂地学理工、学企业管理、学外贸、学外语,看中国哲学为畏途,视中国历史文化为死角。我们似乎迷失了方向又迷失了自我,我们不得不像艾略特一样发问："在智慧中失去的知识到哪儿去了？在知识中失去的智慧到哪儿去了？"

当然，我们不能让"严重危机"出现。习近平总书记在文艺工作座谈会上的重要讲话中说："传承中华文化，绝不是简单复古，也不是盲目排外，而是古为今用、洋为中用，辩证取舍、推陈出新，摒弃消极因素，继承积极思想，'以古人之规矩，开自己之生面'，实现中华文化的创造性转化和创新性发展。"这一论述，为我们指明了学习和传承中华优秀传统文化的方向和路标。

2019 年 11 月 30 日于那大

闲谈篇

今晚约你，有酒有故事

究竟酿酒始于黄帝还是始于天上的"酒星"？究竟酿酒鼻祖是杜康还是大禹时代的仪狄？究竟是不是猿猴将吃剩下的果实、果皮扔到石缝里，发酵变成酒浆，酿成最早的酒？这些问题难于考证。我们能确定的是，从古至今人们习惯以酒祭神、以酒为乐、以酒贺喜、以酒改过、以酒消愁、以酒祝寿、以酒饯行、以酒言志、以酒示情、以酒慰己、以酒赠友、以酒咏诗等等，因此，有酒就有故事。

酒的故事，开始并不复杂。远古时"以酒祭神"，人们认为酒可以通天地、通神灵，人与天地、神灵沟通就得以酒为媒，所以就有"以酒成礼"的说法。《世说新语》的《言语》篇记载三国时著名书法家钟繇的两个儿子钟毓和钟会偷酒喝，给钟繇抓个"现行"。钟繇问钟毓："你为什么要行拜礼？"钟毓说："以酒为礼，不能不拜。"钟繇问钟会："你为何不拜?"钟会说:"偷本非礼,所以不拜。"这个故事,说出了古时以酒祭神成礼的规矩。其实,当时应该没有太严格的礼数,古人没有酒时也以水祭神成礼。《仪礼·乡饮酒礼》就写道:"太古本无酒,以水行礼,故后世因谓水为玄酒,不忘本者,思礼之所由也。"

酒的故事,应该是后来酒由神坛走进宫廷和王公贵族的家中,再后走向民间才丰富多彩。而酒在宫廷和王公贵族的家中时,故事也还很简单,体现了宫廷文化的高雅和王公贵族家中聚会的时尚风气,那时人们一般都会彬彬有礼地喝酒。孔子主张:"惟酒无量,不及乱。"(《论语》)庄子在《庄子·达生》篇中说:喝酒的人从车上摔下来,虽然会受伤,却不会死亡,因为醉酒的人"其神全",精神不涣散,不会认识到危险的存在。这是唯心主义,但也可以说明当时人们主张专注喝酒,不考虑其他问题。

就是到了魏晋时代,一帮所谓的"名士"嗜酒成风,乱了"酒场"和"酒规",认为"酒正自引人著胜地"(《世说新语·任诞》),使酒的故事有了升华。爱吃"五石散"的王佛大"三日不饮酒,觉形神不复相亲"(《世说新语·任诞》);"竹林七贤"的阮咸"人猪共饮";常与"竹林七贤"在一起的刘公荣终日共饮而醉,别人嘲笑他,他说:"胜公荣者,不可不与饮;不如公荣者,亦不可不与饮;是公荣辈者,又不可不与饮。"

酒仙刘伶"身长六尺,貌甚丑悴,而悠悠忽忽,土木形骸"（《世说新语》）。他视酒如命，任性放纵，醉后惯于脱光在房里活动，别人劝诫他，他说："我以天地为栋宇，屋室为裈衣，诸君何为入我裈中？"他写过一篇传世之作《酒德颂》，短短几十个字，就表明一个意思："唯酒是务，焉知其余？"阮籍人称"阮步兵"，因为他在步兵营当过官。他为什么到步兵营任职？因为他发现步兵营藏酒很多。在步兵营，他纵情喝酒，从不管正事。《晋书·阮籍传》说："籍本有济世志，属魏、晋之际，天下多故，名士少有全者，籍由是不与世事，遂酣饮为常。"这段文字说明阮籍恣酒的原因。他把"变态"当作"常态"，这是多么无奈和痛苦的事情。事实上，他以酒避祸，醉了就可以不问正事，就可以不违背自己的意志做事。他居丧无礼，在他母亲去世时他正与别人下棋，他坚持把棋下完才回去，回去后一边喝酒一边哭。他安葬母亲前，蒸了一头猪来喝酒，喝了两斗酒再去与母亲遗体告别。这一刻，他号哭吐血。

但是，真正把酒的故事提升到精神文化的高度，让酒的故事更加精彩、更加富有文化内涵、更加深入人心的还是古代的文人墨客。他们斗酒斗诗，诗酒联袂，寄意遣怀，诗增添了饮酒之乐趣，而酒则舒扬了诗的精魂；他们品酒、论酒、写酒，把酒的意象展现在文学作品中，名家名篇千古渊源，演绎着可歌可泣的感人故事。王羲之醉酒书《兰亭序》、张旭酒后狂草惊人、李白斗酒诗百篇都是千古流传的酒故事。我们可以想象一代枭雄曹操"何以解忧，唯有杜康"的感叹；

想象杜甫"酒债寻常行处有，人生七十古来稀"的低吟；想象王翰"醉卧沙场君莫笑，古来征战几人回"的气概；想象王维"劝君更尽一杯酒，西出阳关无故人"的离情；想象韩愈"断送一生惟有酒，寻思百计不如闲"的叹息；想象范仲淹"酒入愁肠，化作相思泪"的伤感；想象李清照"常记溪亭日暮，沉醉不知归路"的情景……

而我很喜欢想象不为五斗米折腰而弃官归田的陶渊明喝酒的洒脱。陶渊明一生离不开酒，酒能帮助他达到潇洒自然的生命境界，谭日纯在《陶渊明与酒》中说他喝酒后"感性愉悦、忧勤自任、逍遥自得"。他好酒而不能常得，《宋书·卷九十三·隐逸·陶潜传》记载：某年九月九日，陶渊明于宅边东篱下的菊丛中摘菊赏花，恰巧江州刺史王弘命白衣人送酒来，便一起饮酒，酒醉才归。这就是"白衣送酒"的故事，寓意内心渴望的东西，有人雪中送炭，遂心所愿。我从不渴望有人雪中送炭，但闲情过剩时也盼望有人相伴，小酌两杯，樽前任性。我更喜欢想象"载酒问字"的真诚。《汉书·扬雄传》记载，扬雄"家素贫，嗜酒，人希至门。时有好事者载酒肴从游学"。扬雄是汉朝著名的学者、文学家，他广览博读，通晓古今，很多人向他真诚地"载酒问字"。我乐意仿效古人，载酒问字，真诚地向有学问的人请教。我最喜欢想象苏舜钦"汉书下酒"的豪情。宋代诗人苏舜钦嗜酒爱书，饮酒不要菜肴，读着《汉书》，一边拍案叹息，一边豪饮。我特别喜欢，透过皎洁月光，眺望天空，想象苏轼"把

143

酒问青天"的情景，感悟苏轼超然豁达、潇洒自适的心境。

当然，我们现在仿效古人，有点"西颦东效"，但"醉里乾坤大，壶中日月长"的情怀古今共有，闲来小酌怡情，说说故事，不亦乐乎？喝酒的理由千万个，而戒酒的理由却没有一个，我们可以自带"土酒"，不必像李白"呼儿换酒"，也不必像贺知章"金龟换酒"；我们可以从"豪言壮语"喝到"胡言乱语"，再喝到"无言无语"；我们可以约定，酒的故事精彩一些，但要简单一点，不能违法乱纪、不能伤害身体、不能耽误事情。

今晚约你，就在街边排档，有酒有故事。

2020年6月16日于儋州那大

阅读，寻找心灵的归属

高速发展的社会，给我们带来丰富的物质生活和精神享受，但是有时我们也会觉得心浮于世，空虚无聊，静谧难得，需要寻找心灵的归属。此时，你可以去健身、去旅行、去会友、去购物、去加班、去做公益、去吃大餐、去看电影、去刷屏……反正就是去做让你充实、快乐的事情。而我会选择阅读，通过阅读来寻找心灵的归属。

我把我的书房叫"静我斋"，寓意读书让我平静，让我充实，让我心安理得。前年，我给学校图书馆撰写门联："读书益智方思远，阅史清心会仰高。"我认为，"益智"和"清心"是读书的境界，而"思远"和"仰高"是心灵的归属。在最近一次晚餐的酒后，似醉非醉之时，豪言壮语，我说我准备写一篇文章《阅读，寻找心灵的归属》。当时，有人说这个题目有点文艺，写出来一定有文采。有文采也罢，没文采也无

145

所谓，我就是想说一说阅读寻找心灵归属的感受。

寻找心灵的归属，对我们来说真的很重要。人是群居动物，总是需要某种群体的认同才有"归属感"，而这种"归属感"容易找到，只要你不是特别的"另类"，别人基本上都会认同你。但是，真正的归属感，不是来自别人对你的认同，而是来自个人内心对生命、生活的把控，要看你是否找到心灵的归属点。如果你的心灵没有归属点，你就像是站在一个无处着落的中间地带，迷惘、疲惫、尴尬、孤独，有时还会像是跌落到深渊，周围漆黑一片，拼尽全力找到出口，最后却遍体鳞伤。樊登开创了"樊登读书法"，并认为阅读是人类反脆弱的强大武器。他的道理是：阅读能让人充实和自信，人因充实和自信而内心强大。试想，如果我们内心强大了，还会担心走不出困境吗？杨绛在《我们仨》中说："我们读书，总是从一本书的最高境界来欣赏和品评。"这点很难做到。但是，我们可以做到，汲取书中我们内心所需要的养分去滋养我们的心灵，让我们内心因充实和自信而强大、快乐。

那么阅读什么书？就阅读个人感兴趣的书，不感兴趣的书，读起来费劲、很累，味同嚼蜡，也浪费时间。当然，对于工作业务的书籍，不感兴趣也得读，努力读出兴趣来。

最近一次朋友相聚，畅谈之时，有个朋友问我："应该读什么书？"我随口应答："改天列个书单给你！"这是我热心快肠，但也是口出诳言，随口应诺。因为读什么书纯粹是个人所好，别人无法帮你确定。诺贝尔文学奖得主吉卜林就说过：

"除非一个人非常了解另外一个人，否则他就无法向对方荐书，即使是推荐最好的书。"后来，我给这位朋友推荐了一些历史文化方面的书籍，那也是在了解他的个人阅读兴趣之后，同欲相助，濡沫涸辙。

那么怎样阅读？调节你的心态，自由、快乐、随意、轻松地读。因为阅读时，心情愉悦，就会开卷有益；心烦意乱，就会枯燥无味。

林语堂认为，一个人难得满身书香味。他在《学风与教育》的演讲中，对青年学生说："兴味到时，拿起一本书就读。""你们能得到满身的书香气味……也已不愧为读书人，也不会辜负四年入学时光。"我们不必沾得"满身书香味"，做一个"白面书生"，我们就坚持自由、快乐地阅读。季羡林在《读书与做人》中说："天下第一好事，还是读书。"我们就把阅读当作好事来做。孔子主张读书从兴趣出发，他在《论语》中说："知之者不如好之者，好之者不如乐之者。"不赞成为求知而求知的纯学术态度。我们也不必太"纯学术"，就随意、轻松地阅读。苏轼主张读书要"八面受敌"，从东、南、西、北、东南、东北、西南、西北等八方来研究问题，然后各个击破。这是研究问题的读书方法，做起来很累，如果你不研究学问，就不必仿效。

我们可以学一学朱熹"循序渐进"地读书。他提出"通一书而后及一书""篇章文句、首尾次第，亦各有序而不可乱也""未及乎前，则不敢求其后；未通乎此，则不敢志乎彼"。

也可以学欧阳修"计字日诵",每日定量计字读书,细水长流,集腋成裘。还可以学郑板桥"求精求当"地读书,"求精不求多,非不多也,唯精乃能运多""当则粗者皆精,不当则精者皆粗"。陈寅恪在诗中写道:"天赋迂儒自圣狂,读书不肯为人忙。"意思是读书求学需要有独立思考的精神,不受已成观念的约束,要有创见,不要为名利而取悦他人,这样才能使个人学术精进。如果我们能有陈寅恪的读书境界,我们的心灵归属感就会更加丰富深厚。

我读过许金晶的《领读中国》,从中体会到南京、北京、上海、广州、深圳、天津、杭州、海盐等地读书会的蓬勃发展。书中所记之人令人佩服,书中所述之事令人感动。我深深地感觉到,他们在阅读,在寻找心灵的归属。我居住的儋州市,虽说是地级市,其实是一个小城市。最近我发现当地读书会在悄然兴起,我所在的学校有几位教师是骨干分子,经常在微信朋友圈上分享文章。有一位老师写道:"这两年的阅读积累,让自己比以前更容易跳出困境,也许是阅读让自己有了很多的思考。"我感觉到,他们通过阅读,已能找到他们心灵的归属。

书籍是心灵观察世界的窗口,而阅读书籍就是心灵寻找归属的途径。我们真的很需要阅读,虽然工作忙没有很多空余的时间,但必须养成抽空阅读的习惯。

2020 年 7 月 2 日于儋州市那大

闲谈书品与人品

2021年海南省高考作文，以唐光雨漫画作品为素材，观图作文，要求把握漫画的内容和寓意，写一篇反映个人认识与评价、鉴别与取舍的文章，体现新时代青年的思考。虽然中学生对于写字与做人之间关系的理解还是雾里看花，对于藏锋不露、不偏不倚、迂回曲折等人生境界还是茫然不解，但是人们还是普遍认为此题目命得极好。因为以写字来比拟做人比较形象和贴切，从现象上来说，写字的一笔一画就像做人的一脚一步。人们从这一作文题目，还联想到书品与人品的问题。

中国的汉字大体经历了结绳记事、河图、洛书、伏羲文王画八卦、甲骨文、金文、钟鼎文、大篆、小篆、隶书、楷书、草书等发展阶段。在此漫长的发展过程中，产生了被誉为"无言之诗""无行之舞""无图之画""无声之乐"的书法艺术。而书法艺术又以整体形态美、点画结构美、墨色组合美等方式，给人们带来高品质的享受，赋予人们丰富的生活内涵，也揭示了许多做人、做事的道理。我们无法得知黄帝时代仓颉造汉字时，是否想到写字与做人的道理，但我们可能体会到随着人类的发展和进步，文化已成为一个内涵丰富、外延宽广的多维概念，它的思维方式、价值观念是多元化的。从这点上来说，写字与做人的内涵有一定的关联。但是，字品与人品是否可以相提并论则说法不一。

有人认为，书如其人。清代书法家刘熙载在《艺概》中说："书如也，如其学、如其才、如其志，总之曰如其人而已。"也有人认为，心正则笔正，书品即人品。《新唐书》记载，唐穆宗问柳公权什么是最好的用笔法，柳说："心正则笔正，笔正乃可法矣。"明代项穆在《书法雅言》中提出："心为人之帅，心正则人正。笔为书之充，笔正则事正。"他主张把人品当成书品的决定性因素。但大多数人则认为，人品比书品还要重要。我们知道，秦桧他的字写得好，但人品不好，在抗金斗争中是投降派代表人物，以"莫须有"的罪名杀害了抗金名将岳飞父子，成为可耻的千古罪人。北宋大文豪欧阳修在《笔说》中说："古之人皆能书，独其人之贤者，传遂远。"他认为书品一般人都具有，但只有人品好才可以使人流传久远。元代书法家郑杓在《衍极》中说："或问蔡京、卞之书。曰：其悍诞奸傀见于颜眉，吾知千载之下，使人掩鼻过之也。"为什么郑杓会"掩鼻过之"？就因为蔡京、蔡卞皆宋之奸臣，人品不好，其字虽有名也不忍看了。明清之际的思想家、书法家、医学家傅山，最执于"人品高书品自高"，因而痛诋赵孟頫、董其昌之书；他在《作字示儿孙》诗中一开头就写道："作字先做人，人奇字自古。纲常叛周孔，笔墨不可补。"

也有人认为，书品与人品不能相互感应。宋代大书法家赵孟頫因"甘心仇敌之禄"，而被世人所唾骂。清代书法家钱泳则在《书学》中为赵孟頫大鸣不平："岂在区区笔墨间以定其人品乎。"明代书法名家张果亭（张瑞图）、王觉斯（王铎）名满天下，但张果亭因魏阉党事败，列入逆案，为人所诟病；王觉斯因清朝入主中原时，变节降清，污点洗刷不掉。清代书法家吴德旋在《初月楼论书随笔》中却说："张果亭、王觉斯人品颓丧，而作字居然有北宋大家之风，岂得以其人而废之。"他的理由是张果亭、王觉斯的书品有北宋大家之风范，人品颓丧也不必废之。

人们比较敬佩的书家是唐朝著名的书法家颜真卿，因为他的书品与人品都令人敬仰。颜体书对后世书法艺术的发展产生了深远影响，唐代以后很多名家，都从颜真卿书法改革成功中汲取经验。欧阳修曾说："颜公书如忠臣烈士，道德君子，其端严尊重，人初见而畏之，然愈久而愈可爱也。其见宝于世者有必多，然虽多而不厌也。"北宋书学理论家朱长文赞其书："点如坠石，画如夏云，钩如屈金，戈如发弩，纵横有象，低昂有志，自羲、献以来，未有如公者也。"

天宝十四年（755年），节度使安禄山叛乱，唐朝三分之

闲谈篇

一的军队掌握在安禄山手里。唐玄宗着急而又凄楚地问："河北二十四郡，难道没有一个忠臣吗？"这时第一个站出来的是书法家颜真卿。他联络从兄颜杲卿起兵抵抗，附近十七郡相应，被推为盟主，合兵二十万，使安禄山不敢急攻潼关。德宗兴元元年（784年），淮西节度使李希烈叛乱，奸相卢杞趁机借李希烈之手欲杀害颜真卿，派已过古稀之年的颜真卿前往劝谕，被李希烈缢死。闻听颜真卿遇害，三军将士纷纷痛哭失声。

现在，人们对于书法艺术的态度也比较认真，前几天就有人在微信群里发表文章，批评一个全国名校领导的办公室里挂着"江湖书法"。近几年来，对现今盛行的"丑书"的批评越来越激烈，有些人认为"丑书"的书品与人品都有问题，说"丑书"是一些本来就毫无意义、毫无美感可言的涂鸦烂作，经过一番包装，堂而皇之地称其为艺术，而还有人从艺术的高度、个性、创新等方面来推奉。也有人比喻"丑书"就像一个班里最不听话的孩子一样，整天老想着在别人老老实实遵守纪律的时候，搞出一点动作来，让别人都注意他。

我虽然常备笔、墨、纸、砚，但始终做不了"临池之人"。苏东坡《论书》说："书必有神、气、骨、肉、血，五者阙一，不为成书也。"我不完全具备神、气、骨、肉、血等资质，因此不可"成书"。如果"成书"也只能写惹人非议的"丑书"，因此不敢造次。但是，对于书品与人品之说，我也从旁观的角度，作过一些粗浅的思考。我觉得，我们必须清楚写字与做人本身应该没有内在的关联，笔迹与人的性格是否有关，也很难说明白。英国国家档案馆曾展出一批历史名人的昔日文件，笔迹学家认为英国前首相丘吉尔的字体较小，笔迹匆忙、潦草，不是十分清楚，说明这位战争时期的英国首相任性固执，做事情时总是抱有果断的决心。笔迹学家还认为19世纪英国大名鼎鼎的小说家狄更斯，签名字体非常大，还带有下划线，说明他性格高傲。我觉得这些笔迹学家是反向推理、求证已知，有点牵强附会、生拉硬扯。

我觉得，字就是字，人就是人，书品与人品之间，并没有必然的联系。人品是道德评价问题，书品是艺术评价范畴，二者之间可以相互补益，却不能相互替代。我认为，人品好了，书品差一点也无妨。但是，书品好、人品差就不行。人品差，说明心不正，心不正，行为肯定不正。

说到底，人品不正是不行的！

2021年7月24日夜于儋州那大

闲谈篇

为何是"千古难题"

近日翻阅一些老书，读到一篇题为《领袖们的千古难题》的文章。文章认为"亲贤臣，远小人"这个问题，如"要吃饭，不要吃屎"这么简单，但是自古以来领袖们都很难做到"亲贤臣，远小人"，因此"亲贤臣，远小人"就成为领袖们的千古难题了。文章引古说今，见解独到。

读了这篇文章我就想：领袖们不能"亲贤臣，远小人"，会"远贤臣，亲小人"吗？我想也不会！没有哪一个九五之尊的皇帝或者高高在上的权臣，会有意"远贤臣，亲小人"。即使他真的很笨，也会知道贤臣的重要和小人的可恶。唐宣宗李忱，被当时的人称为最"笨"的皇帝，但他勤于政事，重用人才，擅于纳谏，为冤死的大臣们全部洗冤，说"笨"真的不"笨"。那么他们为什么难做到"亲贤臣，远小人"呢？因为贤臣多话、小人多媚。

古代传说之龙，其性温驯，人可以骑乘它。但其喉下一尺之处，鳞片倒生，被称为"逆鳞"，倘若有人触及其"逆鳞"，必被其杀。《韩非子·说难》中以此为喻，说人主也有"逆鳞"，献言进谏者应当知道回避。所谓人主之"逆鳞"，就是封建统治者所忌讳的话题，小到起居琐事，大到朝政国计，凡是他不愿别人谈论、不许别人立异的，便成为"逆鳞"。如果臣民无意触及或者有意"逆鳞"，惹得龙性发作，自然是"罪该万死"。所以"贤臣多话"不得好死，而"小人多媚"往往过得安生。

我读谢苍霖、万芳珍著的《三千年文祸》，该书记录的是我们古代文祸的案例，从先秦的"谏谤祸"与"邪说"案写到清代的"文字狱"。祸事冤情，血泪斑斑。我也读过周宗奇著的《文字狱纪实》，所记述的冤情也是令人惊恐万状。读书是能让人平静的，但读《三千年文祸》《文字狱纪实》这类的书，心里无法平静下来。亦舒说："我们不快乐的原因之一，是不知道如何安静地待在房间里，心平气和地与自己相处。"我现在可以说："想快乐，就安静地待在房间里，不读令人不愉快的书，不然就是自己和自己过不去。"

虽然这么说，但古时也有圣贤求谏纳谤的佳话。传说中的尧、舜、禹和商汤王、周武王，被公认为古代帝王的最高典范，他们准备了各种设施，让人们发表"谏言谤语"，《水经注》还将纳谏的历史上溯到黄帝时代。《管子·桓公问》说道："黄帝立明台之议者，上观于贤也；尧有衢室之问者，下听于人也；舜有告善之旌，而主不蔽也；禹立谏鼓于朝，而

闲谈篇

备讯唉；汤有总街之庭，以观人诽也；武王有灵台之复，而贤者进也。"这些人中禹甚为突出，《淮南子·氾论训》记载禹以五音听治，也就是以五音惊堂，听纳五类谏言："禹之时，以五音听治，悬钟、鼓、磬、铎，置鞀，以待四方之士。"

一些古代的圣贤不仅善纳谏，而且取信于民。在封建社会里，这点上做得最为突出的是秦时变法的商鞅。后人在总结商鞅变法成功的经验时，总说他顺应历史潮流的发展趋势，制定了一系列具体有效的办法，敢于同旧势力斗争，得到国君的支持。但真正的经验应该是他取信于民，得到百姓的信任，因为他敢于求谏纳谤，言而有信。有个成语叫"徙木立信"，就反映出商鞅变法成功的原因所在。当时商鞅为了让百姓信服听从自己的新法，在城南门立了一根木头，贴告示说谁把木头扛到北门就赏五十金。还真有人出来扛了，轻轻松松拿到了五十金。商鞅说到做到，兑现了诺言，建立自己在百姓心中的信誉。

但是，在封建社会里，帝王们愿意纳谏的并不多，上谏者都是冒死而为之。唐太宗善于纳谏，除了他开明的原因之外，就是因为魏徵敢于冒死上谏。这其中的惊险之处，让后人不敢相信，有时也不愿接受。明朝时的海瑞，号刚峰，刚直不阿，只要是看不过眼的事，不仅贪官污吏他敢于参奏，就是皇帝老子他"照骂"不误。嘉靖四十五年（1566年）二月，只有六品芝麻官职的海瑞向嘉靖皇帝朱厚熜呈上了《直言天下第一事疏》，他慷慨激昂地写道："嘉靖者，家家皆净而无财用也。"气得朱厚熜直哆嗦。皇帝罢了海瑞的官，但他得以善终，这也是惊险一幕。

敢于"冒死上谏"的人，历史上也是多的，但他们没有魏徵和海瑞幸运，能"得以善终"。翻开中华民族几千年的历史画卷，不管是谏诤祸还是谤议祸都是"文祸"中最常见的灾难，血迹斑斑，如果列举起来，就会令人触目惊心。比如：秦始皇"焚书坑儒"时坑杀犯禁者四百六十余人，汉代司马迁因替李陵败降之事辩解而受宫刑，魏晋诸多的名士因不愿和司马集团合作而被杀害，明代七十一岁高龄的胡缵宗被奸人王联告发而因"诗案"入狱，清代大兴"文字狱"，等等。

唐朝的"文祸"灾难少一些，因为大唐王朝是中国封建时代的顶峰，当时经济繁荣，文化鼎盛。在那个鼎盛的朝代里，人们的思想比较自由，朝廷兴文，诗人辈出。唐初李渊就宣布道先、儒次、释后的"三教"排名，道、儒、释并存使得社会比较自由开放。创造"贞观之治"的李世民就说过："朕虽以武功定天下，终当以文德绥海内。"但是，这个朝代里诗人非正常死亡的也很多。"七绝圣手"王昌龄，竟然被一个名叫闾丘晓的刺史莫名其妙给杀死了；少年天才诗人刘希夷熟睡之际，被他舅舅宋之问以土袋压住口鼻，使其窒息而死，死时不到三十岁。王昌龄为什么被杀？《唐才子传（卷二）》记述："昌龄字少伯，太原人。……以刀火之际归乡里，为刺史闾丘晓所忌而杀。"刘希夷为什么被杀？传说他的

157

舅舅宋之问想把他的诗句"年年岁岁花相似，岁岁年年人不同"据为己有，他不允许，舅舅就暗杀他。这些不是"逆鳞"式的"文祸"，但也是令人发指的惨案。

宋代最典型的"文祸"发生在苏东坡身上。元丰二年（1079年），苏东坡迁湖州知州。他赴湖州途中，按惯例写的《湖州谢表》有两句话："知其愚不适时，难以追陪新进；察其老不生事，或能牧养小民。"这令李定、舒亶、何正臣、李宜之等人跳了起来，指证苏东坡有四条罪状。这四条罪状属"言论罪"，宋神宗被时任御史中丞的李定搞昏了，下旨查办苏东坡。苏东坡被押到京城后，关在乌台。这就是"乌台诗案"的起因。苏东坡一生创作两千多首诗、三百多首词，他的诗词作品反映现实、抒发心志，充满浩然之气和豪迈之情。但他多次因被污蔑为写诗"讥讽朝廷""怨怼大臣"而获罪，这实在是"欲加之罪，何患无辞"的冤屈。

有人说，苏东坡是中国古代最后一位自由歌唱的伟大诗人。为什么是最后一位？理由是在古代，从苏东坡以后就没有人敢于自由歌唱、独立思考了。也就是说，在古代，后来的贤臣们都不敢多说话了。我不赞同这一观点，因为事实上，后来敢于直面人生的勇士还是有的。我读《三千年文祸》时，发现祸事冤情几乎都是发生在读书人身上。书生意气，读书人的事，多是心酸事。古代读书人虽然标榜"穷则独善其身，达则兼济天下"，但是，有良知和个性的知识分子，很难做到中庸地立身处世，面对腐败的皇朝，他们是直指"龙鳞毒处"的。

后来有没有自由歌唱的贤臣我们可以争辩，但是"多媚"的小人一直都会有，这点就不需要争论了。这些"多媚"的小人，如果只是"多媚"而没有"馋言"，那也没有什么。但是"小人"的本性就是"说坏话毁谤人"。唐代元稹《答姨兄胡灵之见寄五十韵》："世道难于剑，馋言巧似笙。"清代唐孙华《赠同年赵蒙泉》诗："是时轻薄曹，馋言犹煽构。"馋言真的是很可怕的。那么我们就有新的疑问了：如果"贤臣"都不说话，还会是贤臣吗？如果"小人"一直多媚，他会一直得宠吗？这真的不好说。

好在古代的封建王朝已离我们远去了，如今是我们党领导下的民主法制社会，"领袖们的千古难题"已得到解决。既然"领袖们的千古难题"已经解决了，我们就希望"贤臣"们多一点促使社会文明发展和进步的主张，同时也希望"小人"们没有太多的机会得宠。

这样，才是真正的太平盛世。

2021 年 10 月 11 日修改

闲谈篇

读《胡适杂忆》随感

最近两个周在家里只要有空暇，我都要阅读唐德刚先生的《胡适杂忆》，一是因为对胡适先生的景仰，二是因为欣赏唐德刚先生的文笔。最初是因为有景仰和欣赏之情而读，而后来却有一种不得不读又不得不说的感觉。好像有人说过，读一读人文历史就会有不得不说的感觉。说什么？就说一些想说的事。

唐德刚先生写的人物传记甚多，我对《李宗仁回忆录》印象甚深，极为喜欢他写作传记的文风。在《胡适杂忆》中，他对于胡适一生牵惹到的诸多问题与纠葛，没有回避，几乎无所不谈，落笔气势纵横，妙趣横生。应该说，我们对胡适先生认识不是很多。一直以来，我们都把他看作资产阶级的典型文人而持不感兴趣的态度。但是，读了唐德刚笔下的胡适，就仿佛可以和他握手寒暄，笑语谈辩，慢慢就对他感兴趣了。而我读着读着就不知不觉产生一些假想，这些假想虽然一点意义也没有，但令人深思。

我们知道胡适是杜威的实用主义哲学的忠实信徒，那是因为他留美时师从世界著名哲学家杜威。但是，五四运动前后，在国内对他影响最大的人是他的同乡陈独秀先生。陈独秀希望改变当时中国的政治腐败、经济溃退、国力不振，而创办了著名杂志《新青年》。那时还在大洋彼岸求学的胡适在《新青年》第二期发表了《文学改良刍议》，拉开了中国20世纪初期"新文化运动"的大幕。接着他又在《新青年》上发表了《历史的文学观念论》《建设的文学革命论》《论短篇小说》《易卜生主义》等极具影响力的文章，成为第一位提倡白话文与新诗的学者，也成为五四运动的轴心人物。

但是，他突然间宣布与《新青年》脱离关系。是什么原因？是政治方向的选择，陈独秀选择向左，胡适选择向右。1919年陈独秀因在上海新世界娱乐场屋顶上散发传单被抓捕，出狱后被李大钊秘密送往南方。不久之后陈独秀在南方接受了马克思主义思想，从此走上了追求自由的革命道路。而胡适则将主要精力集中于学术、教育和文学等方面的改革。这一年，胡适得了一场大病，他在诗中写道："西山的秋色几回招我，不幸我被我的病拖住了。"这时招他的不仅是西山的秋色，苦难的中国也在大声地呼唤他，但他毕竟是自由主义斗士，在当时的历史条件下，深受西方文化影响的他奉行的是杜威实用主义"有用即真理"哲学思想。杜威教导他哲学的意义在于解决实际的生活问题，而当时人们所面临的最大问题便是教育问题。因此，他不可能去革命，搞教育和学术对他来说是理所当然的。

他们两个人的政治方向不一致，为人处事的性格也有很大的差异。鲁迅先生在《忆刘半农君》中写道：当年他们一起商定《新青年》稿件时，假如将韬略比作一间仓库，陈独秀是外面竖一面大旗，大书道"内皆武器，来者小心"；胡适是紧紧地关着门，门上粘一条小纸道"内无武器，请勿疑虑"。

我们可以这样假想，如果胡适和陈独秀选择了同一个方向，结果将会是怎么样呢？真的很难想象，但是我敢肯定他决不会和鲁迅一样成为"中国文化革命的主将"。我读过邵建写的《胡适与鲁迅》，该书围绕胡适和鲁迅的思想、文化性格以及有关事件作论述，从中我们可以明白地看到作为20世纪最重要的两个知识分子，他们思想脉系不同，文化资源有异，价值取向也大相径庭。我想，如果胡适选择与陈独秀同一个方向，最多也就和陈独秀一样追求自由之革命、社会之改良。唐德刚评论他："搞政治，他不敢造反；谈恋爱，他也搞不出什么大胆的作风。"这不是"敢"与"不敢"的问题，而是思想信仰的问题。1925年，为了处理庚子赔款问题，他曾以"中英庚款顾问委员"的身份出访苏联，对苏联的变化深受震撼，觉得苏联"真是用力办新教育，努力想造成一个社会主义的新时代"。但是主张"自由的社会主义"的胡适，最终没有选择相信苏联而是选择相信美国。

我们还可以这么假想，胡适是像鲁迅一样成为一个"角斗士"好，还是作为一个获取三十六个博士学位的"博士狂"好？

这说不清，也无法比较。胡适没有成为"角斗士"，但他从事教育和学术研究工作，对中国的文化发展做出了重大的贡献。政治的不擅长不能掩盖胡适在学术上的熠熠光辉。唐德刚在《胡适杂忆》中写道："胡适是'传统中国'向'现代中国'发展过程中，继往开来的一位启蒙大师。"《新京报》首席评论员熊培云评价胡适："他被忽略了，却从未有人能把他击垮。"我们不得不承认胡适先生是站在新时代与旧时代夹缝的世纪偶像。

但是，我们也不必把胡适与鲁迅看成绝对的对立。陶方宣写的《不是冤家不聚头：鲁迅和胡适》把一个角斗士和一个博士狂当作"冤家"摆放在一起，让人们领略两位文化大家如何"舌笔碰撞"。而事实上，他们有针锋相对的时候也有共同合作、相互尊重的时候。起码他们在新文化运动中，有过短暂的合作，当然很快便分道扬镳，一个进入左联，进入共产党的统一战线，另一个参与成立新月派，与国民党亲近。鲁迅一生骂过不少人，也骂过胡适很多次。1925年"女师大风潮"时，因胡适主张"学校是教学机关，不应该卷入政治漩涡尤其是党派斗争漩涡中去"，鲁迅辛辣嘲讽胡适"蒙着公正的皮"的丑态让人作呕；1933年成立"民权保障同盟"时，胡适被推选为北平分会负责人，鲁迅骂胡适是颠倒黑白、标榜仁义道德的"帮忙文人"。鲁迅不仅嘲讽和发骂，还主动斩断了与胡适的友谊，但是胡适没有就鲁迅的嘲讽和骂人做出反击，仍对鲁迅多有褒赞之词。1936年10月，鲁迅病逝后，苏雪林致信胡适，痛骂"鲁迅的心理完全病态，人格的卑污"。苏雪林是胡适的学生，但胡适不赞同苏雪林的看法，他不仅肯定了鲁迅先生的长处还替鲁迅辩诬。从这点上来说，胡适还是很有正义感的。

当然，胡适作为资产阶级文人，不管他获取多少个博士学位，他的思想仍有极大的局限性，让我们看到资产阶级文人本质上的一些"劣态"。但是，他的思想境界上，也有一些是值得后来人学习的。对于做学问的态度，胡适先生主张"但开风气不为师""大胆假设，小心求证"；关于做人的道理，胡适先生在《容忍与自由》一文中阐述了"容忍比自由还更重要"的观点。他不仅这么说，也这样做。这点上，和他同时代的一些大师是做不到的。

2021年10月11日夜修改

青神，不必说东坡的"初恋"

　　我是参加第八届东坡文化节（眉山）暨四川省首届国际音乐节系列活动才到眉山的。之前我没有去过眉山，对眉山充满着憧憬，因为它是苏东坡的故里。

　　据说，眉山境内有一座秀丽的彭老山，苏东坡出生前几年，这座山忽然变得荒瘠起来，百花不放，草木枯萎，飞禽走兽销声匿迹。这当然是一个不能确信的民间传说，但是它却成为北宋蜀地民谣"眉山生三苏，草木尽皆枯"的来由。

　　我查过资料，知道眉山自古以来人杰地灵。《眉山县志》说这片土地"山不高而秀，水不深而清"；"介岷、峨之间，为江山秀气所聚"。据记载，两宋三百年眉山就有进士八百余名，苏轼和他弟弟苏辙进京参加进士考试那年，眉山一县举荐参加礼部进士考试的竟达四十五人，进士及第的就有十三

165

人。这让我对眉山充满着好奇和向往。

22日下午报到后，还没有入住酒店就在眉山市东坡中学食堂早早吃晚饭，风尘仆仆地赶到眉山会展中心，等着观看晚上八点开场的"国际音乐交流演出"。23日一早从住地仁寿嘉斯曼锦江国际酒店出发，赶到眉山工商学院体育馆参加第八届东坡文化节（眉山）暨四川省首届国际音乐节活动开幕式，接着参加第四届全国东坡学校交流活动。最后一项活动是24日下午参观苏东坡的遗迹，瞻仰了久仰的三苏祠，游览了陆放翁当年题诗的披风寺，观赏了三苏祠诸多的文物，才心满意足地到了青神县。

当我报到时，从行程表中看到有安排到青神县，我非常高兴。因为，近几年来，我钟情研究苏东坡，虽然没有什么成果，但也知道青神县是苏东坡的第二故乡。北宋年间，青神乡贡进士王方在中岩创办中岩书院，因其道德文章令人敬佩，贤徒纷至，书院人才辈出。苏东坡的父亲苏洵与王方是好友，苏东坡少年时被他父亲送到青神中岩书院求学。苏东坡母亲家、第一任夫人王弗家、第二任夫人王闰之家都在青神县，王闰之还是王弗的堂妹。小时苏东坡最爱到外婆家，自古至今，在中华传统文化中，外孙对外婆的依恋是人世间最富有亲情的故事之一。

这已足够说明青神县是苏东坡一生中时时眷恋的地方了。但是，青神县近几年来打造自家的旅游文化品牌，在青神中岩寺景区设立苏东坡与王弗年轻貌的塑像，标明此处是苏东坡的初恋之地，这让人莫名其妙，哭笑不得。参观青神中岩寺景区时，众人沉浸在传说故事的乐趣中，我却感慨长叹："这又何必呢？"

事实上，很难说清历史的本来面目。但是，历史也有清晰的一面。也就是说，当我们写历史时，必须尊重历史的事实。虽说是旅游文化、人文景点，但涉及历史的重要人物时，我们编写他的故事，就不能不考虑故事情节的真实性及合理性，而只想通过"奇"来吸引人的关注。

苏东坡生活在一个传统的知识分子家庭。据他父亲苏洵的考证，他家祖上是唐朝女皇则天时的宰相苏味道。世人说苏味道为人处事模棱两可，因为他常对别人说："处事不欲决断明白，若有错误必贻咎谴，但模棱以持两端可矣。"其实他聪明绝顶，充满着人生的大智慧。他在复杂到如果不慎重就会献出生命的时代，有时精明，有时不得不装糊涂，以此明哲保身。可是，聪明反被聪明误，最后还是失意地被贬为眉州刺史。后来他的二儿子苏份留在眉州，成为"三苏"的祖先。

在眉州，苏东坡的前五代都耕读持家，没有一个当官的人，人人持守传统诗礼、坚守传统常规。到苏轼、苏辙这一代，他们的父亲为人正直、学识宏通、不屑科举，他们的母亲程氏知书达礼、虔诚奉佛，给他们最传统的教育。母亲陪他们读《后汉书·范滂传》，让他们学范滂爱国忧民的品质。范滂因党锢之祸为宦官所杀，临刑时母子诀别，大义凛然，

167

求仁得仁，无所遗恨。这样的故事使苏轼兄弟二人从小"奋厉有当世志"（苏辙《东坡先生墓志铭》）。我们可以肯定，秉承传统礼教的苏东坡，在婚前绝对没有与王弗游览过青神中岩之地，他们的婚姻绝对是父母之命、媒妁之言。这何来游山玩水的初恋？他们的恩爱绝对是婚后的事情。古人婚后恋爱，不得不说是一个定律。

事实上，苏东坡的第一任夫人王弗是他老师王方的千金，北宋至和元年甲午（1054年）他们结婚，时年东坡十九岁、王弗十六岁。也许他的老师王方让求学于中岩书院的帅哥们给鱼儿出没的水潭命名是真的，因为古代文人墨客，好事多情，总是爱热闹地聚会，名名命、题题诗、写写字，这也是当时的一种时尚。但是，说苏东坡题"唤鱼池"与深闺里的王弗写的"唤鱼池"不谋而合，被称为"韵成双璧"而喜结良缘，这无非是后人编造的才子佳人的传奇罢了。

在青神还流传着一个把苏东坡当成"问题青年"的故事。说"问题青年"苏东坡因心高气傲不愿婚娶，他父亲送他到著名的嘉定书院去读书，想让他开开眼界、改改性格。当苏东坡坐渡船前往嘉定书院路过青神中岩时，在河边看到一个梳头的美女——这个美女就是王弗，因此做了一个决定：不去嘉定书院读书，留在中岩书院求学。在我们大家的心目中，苏东坡在小时是少年天才，孝顺知礼，但因一个传奇故事就变成"问题青年"了。

我觉得中华传统文化中有很多糟粕，其中一点就是往往以传奇为精彩。应该想到，真实才是永久的真情。我以"想不开"的心态，考证了青神的历史变革，不是我有意地挑剔问题，我就想还一个历史的本源。

青神县隶属眉山，位于成都平原西南部，北接东坡区、南邻乐山东、西望峨眉，有风景秀丽的慈姥山，也有中岩之佛教文化，是第一代蜀王蚕丛故里。如今，唤鱼池的左壁，还保存经幢三座，据说造于唐咸通元年（860年）。三座经幢的四周，刻有佛号"佛顶尊胜陀罗尼幢"和佛经。从这些来说，我会相信当年求学在中岩书院的苏东坡，必会到此一游。因为，我们可以肯定，苏东坡的"儒、释、道"思想中，"佛"缘的产生除了早年他母亲对他的影响外，后来的逐步巩固，应该就从此时开始了。

其实，最早的"唤鱼池"称"唤鱼潭"。北宋黄庭坚《中岩题记》："元符庚辰岁（1100年）……唤鱼潭投斋余饭，鱼出食者数百，见人不惊。"这应该是目前最早提到"唤鱼潭"的史料。我查过黄庭坚年谱，元符庚辰岁时，黄庭坚五十六岁，这一年他从戎州到青神，再到江安。他七月到青神是为了探望张氏姑妈，而泛舟畅游中岩时就写下了《中岩题记》。1100年七月，年过六十的苏东坡在从儋州北归的路途上，黄庭坚是苏门学子，对苏东坡一定百般思念。如果当年苏东坡题写过"唤鱼池"，黄庭坚会不知道吗？会在文中写作"唤鱼潭"而不写作"唤鱼池"？关于老师的传说，他能不渲染一番吗？

闲读篇

宋代诗人晁公溯写过《中岩十八咏·唤鱼潭》："潭水清见底，老僧来唤鱼。与渠同法食，持钵施斋余。"我查了下古籍，晁公溯是济州巨野（今山东菏泽市巨野县）人，宋代高宗绍兴八年（1138年）进士，属于比苏东坡晚出世的南宋之人。晁公溯在眉州当过官，写诗没有说"唤鱼池"，而说"唤鱼潭"，说明"唤鱼池"应该是南宋之后的说法。如果苏东坡当年有"唤鱼池"之恋，难道晁公溯会不知道吗？

就是这一编造的传奇，迷倒了千古文人，使他们想入非非。清代有一名学者感叹而诗："唤鱼自昔羡坡公，今古虽殊兴致同。我到池边还拍手，风流未分让髯公。"此诗写得不错，但作为七绝，虽说是合格律，出现两个"公"字，还是不太绝妙。

这次青神之行，同伴中有识之士也比较多，诸君对苏东坡的研究都比我深厚。有人从书法艺术上考证，说"唤鱼池"绝不是苏东坡的笔迹；有人从苏东坡的人生经历和精神品质中，否定"唤鱼池"的传说。当然，大家都是"东坡迷"，都迷恋他的才华，迷恋他的人生智慧，迷恋他的优秀品质。正是这样，关于苏东坡的"美好传说"，哪怕是不合情理，也不想非议太多。但是，大家都普遍有一个感慨：青神县，其实也不必这样说。

也许，青神县是想用苏东坡的情感生活来吸引人们的眼球。因为当今世人，一讲到"情感"就会联想多多。而苏东坡的情感生活又没有他弟弟苏辙那样简单。苏辙一生只娶妻一人，生十一个儿女，三男八女，官至副宰相，活到七十多岁，老婆活过八十岁。苏东坡情感生活比较波折，大老婆王弗二十七岁就离世，当年他们的儿子苏迈才六岁；二老婆王闰之是王弗的堂妹，从小跟他们一起生活，王弗死后，他娶了王闰之；小妾王朝云为他生一个儿子，但几个月就夭折了。

人们还从苏东坡的诗词中，推测他的"婚外恋"，说有人钟情他，但他不能接受，所以"拣尽寒枝不肯栖，寂寞沙洲冷"。南宋人袁文的笔记《瓮牖闲评》，记述苏东坡在杭州任通判时，有一天他游西湖，有一个气度娴雅、容貌秀美、怀抱琵琶的女子对他说很仰慕他，本想嫁给他，因为嫁不到他才嫁给平民。男人也迷恋他，北宋学者章元弼，喜欢苏东坡，整天读着东坡诗词，不太理睬老婆。他老婆说："你这么爱苏东坡不爱我，就把我休了吧！"他真就把老婆休了。不过这些都是后人的猜想，是野史的传奇。要说他的至爱就是三个王家之女。

他对王弗的感情，可以从《江城子·乙卯正月二十日夜记梦》中看出：

十年生死两茫茫。不思量，自难忘。千里孤坟，无处话凄凉。纵使相逢应不识，尘满面，鬓如霜。

夜来幽梦忽还乡。小轩窗，正梳妆。相顾无言，唯有泪千行。料得年年肠断处，明月夜，短松冈。

171

闲谈篇

熙宁八年（1075年），苏东坡在密州任知州，这一年正月二十日，他梦见爱妻王弗，便写了这首传诵千古的悼亡词。"苏门六君子"之一的陈师道说这首词"有声当彻天，有泪当彻泉"。

　　他对于王闰之的情义，可以从"惟有同穴"的愿望中看出。性格温顺、知足惜福的王闰之，在苏东坡"乌台诗案"被捕入狱时，惊怖得把苏东坡的许多诗稿焚毁，成为千百年来喜欢苏东坡的人们心中一个永难弥补的遗憾。但是，这不影响人们对她的崇敬。她默默无闻地陪伴苏东坡度过人生最重要的阶段，经历了宦海的大起大落，辗转诸州，历经坎坷，同甘共苦。她去世后，苏东坡亲自写了祭文《祭亡妻同安郡君文》，承诺"惟有同穴，尚蹈此言"。十年后，苏东坡去世，苏辙将他们合葬，实现了祭文中"惟有同穴"的愿望。

　　宋神宗熙宁七年（1074年）九月，苏东坡一日游杭州凤凰山，在宴饮时看到年仅十二岁的杭州歌女王朝云。她天姿娉婷，舞姿优美，苏东坡顿生爱怜之意。就这一份爱怜之意使得王朝云来到苏东坡家里给王闰之做丫环。此丫环好生了得，跟定了先生。苏东坡被贬黄州第二年，王朝云十八岁，在王闰之的撮合下苏东坡纳王朝云为妾。他们是知己，王朝云最理解苏东坡。有一次苏东坡指着自己的腹部问大家："你们知道我这里面有些什么吗？"有人说是文章，有人答是见识，王朝云笑着说："您肚子里装的都是不合时宜。"苏东坡闻言道："知我者，唯朝云也。"

　　他们同病相怜，她多次让苏东坡感动，最感动的一次是王朝云在苏东坡的政治生涯从最高处一下子跌落到最低谷的非常时刻，执意要与苏东坡一同到谪居地惠州的举动。为了表达对王朝云的感激之情，苏东坡于绍圣元年（1094 年）十一月专门为朝云写了一首律诗，诗前还附有小序一则，这就是脍炙人口的《朝云诗并引》。诗中写道："不似杨枝别乐天，恰如通德伴伶玄。阿奴络秀不同老，天女维摩总解禅。经卷药炉新活计，舞衫歌扇旧因缘。丹成逐我三山去，不作巫阳云雨仙。""天女维摩总解禅"，他把王朝云比作天女。《维摩经》载："天女居维摩室，与舍利佛发明禅理。维摩曰：'此天女已能游戏，菩萨之神通也。'"到惠州的第三年，朝云撒手人寰，苏东坡的精神近似崩溃，心中的痛苦无人诉说，他不得不拿起笔来，以《悼朝云并引》寄托自己的哀思。当王朝云在栖禅山寺之东南安葬之时，苏东坡写下《朝云墓志铭》。

这三段生生死死的爱恋，有着非常感人的故事。但是，我觉得从苏东坡的感情世界上做文章，就是写百样的传奇、千般的柔情、万种的花色，也不能引发人们对苏东坡的迷恋和景慕。因为近千年以来，人们最迷恋和景慕的是他的才情、风度、精神、品质。

青神，人杰地灵，物产独特，历史文化底蕴深厚，它展示给人们的是历史的厚重和文化的沉淀。它是中国椪柑之乡、中国竹编艺术之乡，被称为"南方丝绸之路""岷江古航道小峨眉"。在旅游历史文化方面，它不但可以打着"青衣神"之牌，而且也完全可以打响"东坡"之牌。

闲谈篇

但是，真的不必有"初恋"之说。那怎么说？就说此处是苏东坡求学的地方，这已足够吸引众多的游客，也足够世世代代的青神人引以为豪，以此为荣了。

2021年10月15日修改于儋州

再议苏轼的"聪明之误"

"人皆养子望聪明，我被聪明误一生。惟愿孩儿愚且鲁，无灾无难到公卿。"这是苏轼的《洗儿戏作》。诗中一个"望"字，写尽了苏轼对孩子的期待；一个"误"字，道尽了自己一生的遭遇。我在小品文《说说苏东坡"聪明反被聪明误"》中，借用过这首诗，感叹苏轼悲戚的人生经历。近期，我对此诗进一步思考，迁思回虑，觉得我们不能过多地从消极一面来理解苏轼当时的思想和心态。因为苏轼一生，虽然命途多舛，偶有消极的叹息，但积极向上的思想境界和人生智慧，是世人所认同并推崇的。

元丰六年（1083 年）九月，苏轼谪居黄州时期，小他二十六岁的爱妾朝云为他生了一个儿子，名遁。苏轼的家族给小孩取名有一个规则，就是同一个辈分名字使用同一个偏旁。苏轼这一辈使用"车字旁"，他父亲苏洵写过《名二子说》，

闲谈篇

以"车轼"与"车辙"的原理，对二子之名的含义加以解说，用象征的手法，巧妙地指出兄弟二人各自的性格特征，对他们进行告诫和勉励，同时也表达了自己的担忧和期望。他希望苏轼像"车轼"一样，不要那么显山露水，不要那么锋芒毕露；希望苏辙就像"车辙"一样，能够妥善地处理祸与福的关系。苏轼的儿辈取名，都用一个"走之旁"，他的四个儿子分别名为苏迈、苏迨、苏过、苏遁，而他的弟弟苏辙的三个儿子分别名为苏迟、苏适、苏远。苏轼关于儿子名字的寓意，没有留下专门的解说。但我们"望文生义"就能猜摩到苏轼给儿子取名的想法。苏轼应该希望苏迈勇敢迈进，实现人生通达的境界。因为"迈"字在《说文解字》中解为"远行也"，在《尚书·大禹谟》中注明有"勇往力行"之意。苏轼应该希望苏迨的人生能够"及得上"，不必去超越别人，活得安逸就很幸福。因为《诗经·召南·摽有梅》有注曰："迨，及也。"苏轼为三子取名"过"，应是寄寓吉善，含有渡、至、越之意。《论语·里仁》说人的过失各分党类，观人过失处也可知其是否仁厚。苏轼应该是用这一典故，希望苏过"为君子之过，勿为小人之过"。四儿的"遁"字，取自《易经》中的第三十三卦"遁卦"。天山遁卦，异卦相叠。上卦为乾，乾为天；下卦为艮，艮为山。天下有山，天高山远。遁而亨，亨小利贞，象征逃避、隐退。在古代，"遁"应该是贤人名士摆脱桎梏、逃避灾害、挂冠悬笏、归隐山林的理想境界。当然，"遁卦"，也有"遁世救世"之意。《象》曰：

176

"天下有山，遁，君子以远小人，不恶而严。"可惜，苏遁不满一周岁就夭折于金陵。

洗儿，旧时民间风俗，婴儿出生三天或满月，亲朋集会庆贺，给婴儿洗身。这首《洗儿戏作》诗，应该是苏轼在家人给儿子洗身时的即兴之吟。小儿出世，苏轼一定会特别欢喜，但高兴之时他却发出如此怪异的感慨，不是像常人那样望子成龙，而是希望儿子今后不要像自己一样因聪明而倒霉。他觉得正是因为自己太聪明，聪明反被聪明误，所以得罪那些公卿大人，落得颠沛流离，无法实现自己的政治理想。他苦恼不堪，牢骚满腹，希望儿子学那些呆头呆脑、愚不可及的公卿大臣们，照样可以官运亨通，逍遥自在。

这首"洗儿诗"，看似玩笑、调侃，其实不然。这是苏轼借对儿子的期望，抒发自己满腔的激愤。他表面是在嘲笑自己聪明一世，失意一生；实际上却讽刺那些公卿大臣，全都是"愚且鲁"的无能之辈。苏轼这一路数，与后来郑板桥"难得糊涂"的套路是一样的，就是不满现实，叹息怀才不遇。但是，他"叹"而不"息"，面对困苦和挫折，他坦然面对并洒脱前行。王水照、崔铭在《苏轼传》中，说苏轼是"智者在苦难中的超越"。

"乌台诗案"给苏轼带来巨大的打击，使他看到了官场斗争的残酷和黑暗。在一百零三天的牢狱生活中，他徘徊于死亡边缘，精神上感到强烈的落寞和失望。但是他并不愿自甘堕落，"乌台诗案"后，他贬谪黄州，思想心态还是积极上进

177

的。他在黄州大体上做了四件事：躬耕东坡、放浪山水、修身养情、激情创作。就这四件事，让他文学艺术的创作登上了高峰，也使"东坡"之号流芳千古。他心中充满愤慨和激情，写下了光照千载的传世作品"一帖二赋"——《寒食帖》《前赤壁赋》《后赤壁赋》。

当然，对于个人的人生际遇，他当时也是感慨良多，百感交集。"世事一场大梦，人生几度秋凉"（《西江月·世事一场大梦》），他抒发人生的起伏变幻；"不识庐山真面目，只缘身在此山中"（《题西林壁》），他身处迷局而彷徨。但是，他认为不必感叹时光的飞逝而吟咏："谁道人生无再少？门前流水尚能西！休将白发唱黄鸡。"（《浣溪沙·游蕲水清泉寺》）他面对风雨人生，也非常洒脱坦然而吟唱："回首向来萧瑟处，归去，也无风雨也无晴。"（《定风波·莫听穿林打叶声》）

邓立勋在《苏东坡论》中指出："苏轼的生存智慧与生命智慧来自对中国儒、释、道三家思想的理解和实践。"我认为，他不仅理解和实践，而且理解得最到位、实践得最恰当。他先是"随缘而适""托物寄情"，然后"一蓑烟雨任平生"。这是何等的洒脱，不是一般人能做得到的。这种洒脱需要智慧，需要品质。

我读过和苏东坡这首"洗儿诗"有关的三首诗。第一首是明代杨廉反苏东坡《洗儿戏作》的诗意写的"示儿诗"："东坡但愿生儿蠢，只为聪明自占多。愧我生平愚且鲁，生儿

178

哪怕过东坡。"第二首是明末清初钱谦益写的《反东坡洗儿诗》："东坡养子怕聪明，我为痴呆误一生。还愿孩儿狷且巧，钻开蓦地到公卿。"第三首是近代文人黄假我的《洗儿》："握瑜怀瑾宁希汝，斩棘披荆莫让人。我亦愿儿稍愚鲁，安排铁血骋风尘。"杨廉和钱谦益写的是"剥皮诗"，有闹笑、作趣之意。而黄假我的《洗儿》诗颇有苏轼的遗风，不希望儿子身怀绝学，而是希望儿子有点愚笨和鲁莽，能够在战场上叱咤风云、披荆斩棘、抵抗外敌。

我想，不管是谁的"示儿诗"，都不会是消极的。个人虽有"聪明之误"，但也会希望儿子有所作为，只不过是表述的方式不同而已。

2021 年 11 月 10 日夜于那大

闲谈篇

179

名已遂，功难成——小议苏东坡的从政功业

11月15日上午，我以"旁听者"的身份参加在海南儋州举办的"第五届东坡居儋思想文化研讨会暨纪念东坡从政960周年学术活动"。开幕式刚结束就接到一个参会的电话通知，只好无奈地离席，未能聆听接下来的专家交流发言，甚为遗憾。从领取的活动资料中，细读专家们的论文，受益匪浅。

在研究苏东坡的问题上，有关"东坡从政功业和情怀"的主题，我是非常感兴趣的。偶尔也作一些思考，也读过一些专家学者的专著，不过没有深入地研究。苏东坡从政的经历，充满为民、爱民、助民的政治家情怀，具有丰富的治国理政理念与实践经验，这是无可非议的。可惜的是，他从政的功业没有做到"功成名就"。

苏东坡参加进士考试写下《刑赏忠厚之至论》，阐述了他的民本思想。他在《苏氏易传》中说："位之存寄乎民，民之

生寄乎财。故夺民财者，害其生者也；害其生者，贼其位者矣。"他二十六岁初出仕途，任凤翔府判官，"减决囚禁""反对官榷""修改衙前役""请免百姓积欠"，百姓感激地称他为"苏贤良"。而在以后的从政经历中，他多地为官，忠于职守、勤于政事、惠民一方，在密州、徐州、杭州等地为官政绩斐然。

熙宁七年（1074年）苏东坡任密州知州，密州就是现在的山东诸城。他特别关注民生，深得人心，一上任就治理蝗灾，同时上书朝廷请求减免密州赋税。当时的密州地区，丛林大泽中常有剪径大盗，也有因穷而在路边的草丛中弃婴的习惯。苏东坡捕盗打黑不留情，又从官钱中拨出专款救济贫穷母亲，破除弃婴陋俗。他忙于政务，在田坎上写公文，文不加点。他又忙里偷闲，有时也会率领当地军民进山打猎。熙宁八年（1075年）十月，为答谢常山山神"赐雨"而重修的常山庙落成，苏东坡亲往祭祀，归来途中，与同僚们举行一次会猎。他倚马山坡写下了《江城子·密州出猎》一词。金秋送爽，左手牵猎犬，右手擎苍鹰，锦帽貂裘，宝马利箭。写出了意气风发，豪情满怀。此词是苏东坡在词的创作上的一个突破。王水照、崔铭在《苏轼传》中写道："从题材内容到意境风格，完全突破了传统词作的樊篱，从此，苏轼的词的创作迈出了具有划时代意义的新的一步，一种崭新的词风正式形成，一个革新的词派由此出现，唐宋词史翻开了新的一页。"

在密州，苏东坡还建造"超然台"，题写《超然台记》。中秋节，他在超然台上大醉写下了《水调歌头·明月几时有》这首千古咏月名篇。胡仔《苕溪渔隐丛话》说："中秋词，自东坡《水调歌头》一出，余词尽废。"吴潜《霜天晓角》写道："且唱东坡水调，清露下，满襟雪。"

熙宁十年（1077 年），苏东坡迁任徐州知州。他在徐州是一个大英雄，因为当年澶州黄河决口，徐州城南清河水一夜暴涨，水淹四十五个州县、三十万顷良田，他果断抗洪救灾。情况是危急的，后来他的诗中写道："黄河西来初不觉，但讶清泗奔流浑。夜闻沙岸鸣瓮盎，晓看雪浪浮鹏鲲。"（《答吕梁仲屯田》）他一是严禁有车马的富户逃走，防止扰乱人心；二是亲自进入武卫营请禁兵协助防洪。这是大手笔，特别是请禁兵防洪。按宋律，知州对当地驻军是没有指挥权的。但是，他冒着大雨，深一脚浅一脚走到禁兵首领的住处，感动了平时有些傲慢的官兵。

在徐州抗洪救灾的日子里，苏东坡整天身披蓑衣、脚穿草鞋、手拄木杖，出现在最危险的地方。连续数周，过家门而不入，晚上就住在城墙之上。这场大水历时七十多天，洪水退后，苏东坡又领导军民加固防水工程，修筑高台并亲自命名"黄楼"，取五行中土能克水的意思。楼成之日，他率众举行盛大仪式，与民同乐，官民亲如一家。此时，他欢喜至极，写下了《九日黄楼作》，其中写道："莫嫌酒薄红粉陋，终胜泥中千柄锸。"

他离任徐州知州时，数千人送他出城几十里，哭成一片。此时，哭声里充满依恋，也充满厚望。百姓希望爱国亲民的好官，永远与民同乐……

他两次在杭州任职。熙宁四年（1071年），苏东坡因反对王安石的新法受到排斥，而自求外放，任杭州通判，一直到熙宁七年（1074年）九月调离。元祐四年（1089年），苏东坡不愿意在钩心斗角、争权夺利的朝廷任职，好心的高太后外放他出任杭州知州。在杭州任职期间，他尽心尽力，为民造福。王水照、崔铭在《苏轼传》中说："苏轼本着一名正直的封建官员的良心和他所独具的广博深厚的仁爱之情，尽心尽力，为民造福。"刘小川先生《苏轼叙述一种》写道："他治运河，开六井，浚西湖，筑苏堤，设'安乐坊'治病救人，惩治有官方背景的黑帮头目颜氏兄弟……在临安（杭州）的地方志上写下了重重的几笔。"

他就是这样爱民亲民，为民造福，为民请命。他在《吴中田妇叹》中感叹"龚黄满朝人更苦，不如却作河伯妇"，大胆地为人民的疾苦而大声疾呼。但是，苏东坡的从政情怀还没有得到充分的展现。李锡炎先生在《苏东坡从政为官的人格文化及其时代价值》中指出："苏东坡为官施政的人格文化特征是为官以民为本，为政以廉为首，为文以真为魂。"我觉得他确实为官以民为本、为政以廉为首、为文以真为魂，但是在从政方面还没有实现"功成名就"的美好愿望。

熙宁七年（1074年），苏东坡唱和杨绘（字元素），写下了《南乡子·和杨元素时移守密州》，表现出对友情的珍重和"功成名就"的追求。词中写道："何日功成名遂了，还乡，醉笑陪公三万场。不用诉离觞，痛饮从来别有肠。"可以说，"功成名遂"应该是他为官的理想和追求。当然，"功成名遂"后全身而退，还乡陪友，醉笑人生，是他最想要的。可惜，他中晚年时，困于"文字狱"，被一贬再贬，再没有机会展现个人的政治才华，名已遂，功难成。

他生活在北宋中期，那时的宋朝内忧外患，国家积贫积弱，社会各阶层的矛盾逐渐突显。当时，社会需要变革，而封建统治者实行的是"富国强兵"改革，与他的"民本思想"有很多的矛盾和冲突。他少年时读《后汉书》，表示以范滂为榜样，可他立下的"奋厉有当世志"无法实现；"早岁便怀齐物意，微官敢有济时心"（《次韵柳子玉过陈绝粮二首·其一》）的愿望也无法实现。

"吴越之民相与哭于市，其君子相吊于家，讣闻四方，无贤愚皆咨嗟出涕。太学之士数百人，相率饭僧慧林佛舍。"这是苏东坡弟弟苏辙在《东坡先生墓志铭》中为我们描述的苏东坡去世后举国哀痛的情景。这一情景，充分说明他"名已遂"，但人们也为他"功难成"而深感痛惜。

2021年11月17日于儋州

附　录

适意清飙：人生的至美境界

金振邦

李秀贤先生撰写了一本杂感集《适意清飙》，希望我能够为此书写几句话。我认真浏览品味了一遍，书名所呈现的那种随心所欲境界非常人能轻易达到，但书中闪烁着许多思想亮点，引起我一定的思考和共鸣。而且文集大多涉及中文专业领域，所以我欣然命笔写一写拜读此书的一些即兴随感。

评读是心灵的升华——品读篇

古人佳作折射出卓越的思想品质和智慧力量，而作者的独特领悟也是启人心智。阅读是卓越人物的共性，它是一个人在特定领域施展才能的基点。世界有多大，阅读面就有多广；人生有多长，阅读路就有多远。阅读将贯穿人的一生，离开阅读生命力就会衰竭。我曾给《天下书香》杂志写过寄语："读一流中外名作，陶冶思想情操、提升文化品位、净化

185

人格灵魂。"一些经典论述启人心智："读书足以怡情，足以博彩，足以长才"（培根）；"书籍使人们成为宇宙的主人"（巴甫连科）；"书籍中横卧着整个过去的灵魂"（卡莱尔）；"为乐趣而读书"（毛姆）；"读书须有胆识，有眼光，有毅力"（林语堂）。我一直认为，性格决定命运。性格的完美，重要的一个因素就是经典阅读。我们与阅读就像躯体与灵魂的关系，经典书籍和文献，能够给我们注入新的思想和理念，提供精神能量，示范全新的性格气质、审美取向、品位格调、多维视角等。没有阅读，人的生命力就会衰竭，在现实社会中就无法生存。然而，历史上各种经典都具有当代性，我们总是以今天的角度视野和认知水平，去汲取经典中的思想智慧，来解决现实中的实际问题。就像接受美学理论，一千个读者就会有一千个哈姆雷特。

关于明代王阳明"心学"，作者认为其理论核心是"良知"，基本要求是"向善"。王阳明"心学四诀"："无善无恶心之体，有善有恶意之动，知善知恶是良知，为善去恶是格物。"其内涵极其丰富，需要科学解读：第一句"无善无恶心之体"，人的初始心体并没有所谓的善恶意念，是一张纯净的白纸。第二句"有善有恶意之动"，人的善恶之举完全是由心的意念所操控的。可见意念的能量极其巨大，是人所有行为的根源，甚至可以制约人的健康与否。第三句"知善知恶是良知"，这是判断一个人是否具有良知的基本标准，就是具有明辨是非的正确判断。第四句"为善去恶是格物"，这是人获取良知的实践途径，人的良知不可能自发产生，只能通过格物实践来获取。

作者认为苏洵教子有方，其中关于写作动因颇有见解。《仲兄字文甫说》"风水相遭"观点，即"无意乎相求，不期而相遭，而文生焉"，是真正明了写作规律的高见。作者只有受到某种急切现实需求、意想不到突发情景的激发，因而产生强烈的写作冲动和激情，这样写出来的文字才会汩汩而流、奔泻而下、不可遏制，自然会闪现出睿智卓识的光芒。那种为文而文、无病呻吟的文字，绝不会具有生命活力。

关于屈原悲剧和唐寅遭遇，后人不免唏嘘不已，这是那个畸形、扭曲社会的必然产物。因为越是有社会责任和担当的正直清醒、才艺双全的人才，就越是容易和腐朽统治阶级的主流意识形态发生冲突和对峙，并常常遭到毁灭性的悲惨结局。好在那样的黑暗时代已经远离而去。社会越是进步，应该越是能够容忍文人的桀骜不驯和清高风骨。

行吟是人生的阅读——行吟篇

游历美景、陶冶心灵，吟诗记事、抒发情怀，是一种快乐享受。作者还吟诗抒情，体现出独特的浪漫情调。

旅行可拓展知识和视野、提升眼光和胸襟、滋润心灵和人格，让我们感受到某种历史和艺术的震撼，其潜在能量会辐射进人的心灵。只有接触人类最高水平的文化遗产，人的心灵才能不断净化，人格才能日益高尚。连家门、国门都没

187

走出去，怎么理解世界文化的多元性，何谈树立科学的世界观？旅游是珍贵的生活经历和重要的文化投资，它对提升一个人的人格、理念、气质、格调、趣味等，具有不可替代的功能。

作者游览湖南浯溪，在《大唐中兴颂》摩崖石刻前恭敬一拜。他敬佩古人鬼斧神工、匠心独运之功力。元结碑文对平息唐代战乱欢欣鼓舞，期待着国家走向大治。加上颜真卿苍劲有力的书法，字里行间的金戈铁马之气、拳拳报国之志，映射出时代的某种进取精神。为什么千年胜景会使我们感到震撼？因为在文化进取精神这一点上，今人和古人在心灵上是息息相通的。在湖南江永县上甘棠村，还发现至今仍保存着两百多幢明清时代民居，每一幢都展示着浓厚的"耕读文化"。它不是简单的种地和读书问题，而是有着极为深广的普遍意义。它深刻影响了中国的文学、艺术、农学、科学、哲学等，使知识分子思想接近底层人民，养成理论和实际相结合的作风。耕读文化精神在当代仍然具有深远的现实意义。

作者曾到黄冈寻访苏轼遗迹。苏轼谪居黄州前两年，是人生旅途最困苦时期，《东坡八首》表达了他随遇而安、知足常乐、豁达大度的心态。苏轼的伟大是他心灵的强大，他已达到了佛教所谓"无我"的最高境界。个人的所有束缚，包括各种身份地位、喜怒哀乐、人情牵挂、非人遭遇等都已抛弃了，唯一所剩的只是对人生和生命的执着探索。他创作的不朽艺术作品之所以光照千载至今脍炙人口，是因为作品折射出苏轼那永生不息的心灵之光。从另外一个角度来审视，还可以发现许多文学名作，如司马迁《史记》、屈原《离骚》、苏东坡诗词等，之所以能够光耀后世，其作者通常是经历了人生的惊涛骇浪或颠沛流离，导致了他们对生命的体验刻骨铭心，对艺术的领悟炉火纯青。可见，逆境是巨大动力，常常能激发出作家超常的创作潜能，这些传世名作映照着他们整个心灵世界和人格灵魂。这就是文学名著能够引起我们心灵震撼的根本原因。

作者有幸参观了开封包公祠。他恭恭敬敬地拜三拜，一拜为峭直；二拜为清廉；三拜欲问当今"关节事"。如果清廉刚直的包大人再世，他将如何面对当今社会？叔本华认为，历史上之所以伟大的人物，是因为主持和完成了某种伟大的事业，这不单纯是一种幻想和意向，而是对症下药适应时代需要的东西。再深入的话，社会改革和时代进步，如果只靠呼唤几个包公式人物来，恐怕无济于事。人物的清廉刚直是暂时的，而制度的完善则是可延续的。不能只寄希望于清官这样的救世主，而是要靠人民大众的觉醒和奋斗，靠先进的制度来加以保证。

作者还参观了被列为世界文化遗产的嵩山少林寺，感觉千年文物的佛门重地商业色彩过盛，让人心理反差太大。我国历史上的寺庙，往往是人们寄托信仰的神圣地方。膜拜的民众都是为了祈祷平安、幸福、免灾、顺达，但是在重商氛围的影响下，连名震四方的寺庙也不能幸免于难，金钱的色彩弥漫其中。这是一种对信仰的摧残、对膜拜者的亵渎，也在一定程度上折射出社会上部分人金钱至上、信仰缺失的现实。

闲谈是横溢的情致——闲谈篇

"闲谈篇"呈现出清闲心情和安逸兴致，安静自由地思考问题。这有点像古人的"静思录"。作者书房叫"静我斋"，寓意读书让他平静、充实、心安理得。益智和清心是读书境界，而思远和仰高是心灵归属。在阅读中静思，是人生修养的高级境界。最近获诺贝尔生理学或医学奖的科学家发现，冥想可使人体端粒长度拉伸，端粒体越长，生命就越年轻。这就是静思有益于生命和心灵的科学依据。

如何理解古代文人对酒的豪情和亲近？好酒对文学创作的激发作用功不可没。创作好的作品，常常需要艺术的冲动和激情，作家须处于一种激昂、癫狂状态，美酒就是催化剂。李白斗酒诗百篇就是明证。扩展到其他艺术领域也是如此。

关于人品与书品，作者认同古人所说的"书如其人"。"人品好书品差点也无妨，但书品好人品差就不行。"这是很有见地的。任何艺术作品，都是人心灵世界的投射。法国作家布封曾说"风格即人"。叔本华说文体是"心灵的外观"。罗兰·巴特认为，文体"是一种凝结作家气质和他的语言的必然"。文如其人无可辩驳，甚至还可说书如其人、画如其人、字如其人。但不能简单地把作品和人机械加以对应。人的心灵和性格是一个复杂组合体，名作家也会出现败笔，普通人也会有令人刮目相看的杰作。我们不能因言废人，也不能因人废言。尤其是书法，其运笔走势和心灵轨迹丝丝入扣，作品风骨和内在人品是一体两面、难以分割的。

作者曾发现，某所高校挂在校门口的对联左右不分、格律不合，认为这是对传统文化的误读和不敬。传承优秀传统文化，是延续中华民族的精神命脉，是为了正确认识和理解现代。类似的现象比比皆是，如央视节目的字幕时有出现错别字，新闻节目数字序号后面出现错误的顿号，报纸的竖版标题左右颠倒，许多商业招幌错别字层出不穷……有的大学"图书馆"大楼上，这三个字竟然从右到左书写，恐怕全国难有第二。这说明一个国家文化水准的提升，是一个长期和艰巨的任务。

作者读到《领袖们的千古难题》一文感慨万千。现在各级领导应具有宽容和博大的胸怀，真正做到"亲贤臣，远小人"，这是老百姓的共同心声。历史上，知识分子在一些政治运动中，因为敢于提出新锐意见，常遭到不公正遭遇，甚至走向令人痛心的悲剧，最终导致社会发展的迟滞。执政者应以史为诫，知道忠言逆耳、顺应民心的道理，只有容纳多元化的观点，才能做出高瞻远瞩的决策，成为老百姓的代言人。领导人的决策，历史自会做出功过是非的公正评价。

以上我的一些即兴杂感，就是想说明古往今来每个人的思想和心灵，都会有一定的闪光点，小人物也可以有大智慧。

191

附录

这些智慧和亮点汇聚起来，就是中华民族灿烂的文化精神。这是我们国家发展的巨大动力所在。国家的希望就在每个人的心灵智慧中。

2021 年 11 月 25 日

（金振邦，东北师范大学文学院教授，硕士和博士生导师。中国写作学会副会长，国际汉语应用写作学会副会长，吉林省社科联委员。国务院特殊津贴获得者。）

思接千载　身在翠微

——读李秀贤《适意清飙》

刘　锋

李秀贤先生出版大作《适意清飙》，邀我写评论文章。盛情之下，只好勉为其难，权且作读书随笔吧。

此书书名很有诗意。作者自说是取自楼颖的两句诗："林间求适意，池上得清飙。"

适意在林间。陆游说林间能得佳趣，辛弃疾说林间宜携客烹茶，其实无非是指人生贵适意尔。清飙来池上。孟浩然说："落日池上酌，清风松下来。"白居易说："清风习池上，落日岘山西。"林间池上，人生最难得的就是自由自在。

楼颖是唐代诗人，《全唐诗》载有他的诗五首。这两句出自《东郊纳凉，忆左威卫李录事收昆季、太原崔参军·其三》。诗云："林间求适意，池上得清飙。稍稍斜回楫，时时一度桥。水光壁际动，山影浪中摇。不见李元礼，神仙何处要。"这种境界是颇令人向往的。

193

　　《适意清飚》是一本综合性文集，其中包含"品读篇"计十五篇，"行吟篇"计六篇，"闲谈篇"计九篇。"品读篇"是作者读圣贤书的感悟，"行吟篇"是作者的文化之旅，这两者正好体现了古圣贤"读万卷书，行万里路"的高尚情怀。读书行路之余，另有思考，于是有"闲谈篇"。

　　读书明志，品读的选择往往体现出作者读书的追求。历史上的很多读书人追求的是"书中自有黄金屋""书中自有千钟粟""书中自有颜如玉"。作者毅然推开这些。作者认为："品读古代圣贤，感悟他们的思想和品质是非常美好的事情。"我想，对待圣贤，"虽不能至，心向往之"，这应当是我们读书的基本态度。

　　"品读篇"第一篇是读王阳明。这是儒家的圣人。王阳明发展了中国儒家的"格物致知"的学说，提出："无善无恶心之体，有善有恶意之动，知善知恶是良知，为善去恶是格物。"在格物时尤其重视"为善去恶"，在致知中尤其重视"致良知"。有感于此，作者在这一篇的标题就指出："良知""向善"才能"知行合一"。

　　如果人人都重视"致良知"并且去实践它，则"人皆可以为尧舜"。那种"春风杨柳万千条，六亿神州尽舜尧"（毛泽东《七律二首·送瘟神》）的理想将指日可待。作者是学校的党委书记，我觉得，凡学校领导都应该读一读王阳明。那么，就以这一篇为入门吧。

　　"品读篇"还品读屈原。从品读中，我们首先要学习屈原的高尚人格、爱国情怀和求索精神。《离骚》中的诗句"路漫漫其修远兮，吾将上下而求索""亦余心之所善兮，虽九死其犹未悔"，这些应当成为我们的座右铭。理工科要对自然科学进行求索，文科要对文学社会科学进行求索，读书人要求索，学生当然更要求索。求索应该写在大学中学的大门上，更要写在学生的心里。这也应该是学校领导的责任吧。

"李杜文章在，光芒万丈长。"（韩愈《调张籍》）李白是"诗仙"，杜甫是"诗圣"，还有一个王维是"诗佛"。这是唐诗三杰，代表着唐诗的最高峰。但作者品读的视角不同：读李白是读李白的"人生气象"，读杜甫却直接说"杜甫是以血书者"，读王维则说"诗佛"写的并非都是"佛诗"。作者的论述往往出人意表，欲想深知，不妨细读作者文章。

"古来圣贤皆寂寞"。我忽然感到：只有品读，圣贤不寂寞，品读者也不寂寞。

又有品读苏轼。作者用了五篇文章来写东坡，显然颇为用心。其中一篇是爱苏及父，写了苏洵。苏轼是中国文学史上的全才，也是罕见的天才，诗词文赋书法绘画都取得了很高的成就。诗开苏黄一派，词开苏辛一派，文是唐宋八大家之一，书法是宋四家之首。

历来品读苏轼的人很多，如何别出机杼？这就要看作者的学养。很多作者都会看到苏轼的高度，文章又何止千百。但李秀贤用"从公已觉十年迟"一文去写苏轼的反思。这种反思既有对王安石新法的反思，也有对王安石个人的反思。

195

这种反思极有意义，要知道"三苏"与王安石已经结怨两代。

而品读苏东坡的音乐情怀，这是颇出乎大多数人意料的。李清照认为苏轼的词"皆句读不葺之诗尔，又往往不协音律者"。苏轼懂音乐吗？作者下大功夫认真爬梳：从苏东坡创作的诗、词、文、赋中寻找，发现他涉及音乐活动的诗、词、文、赋有百篇之多。苏轼当然懂音乐，作词时只是不愿被音律束缚而已。

黄州、惠州、儋州是苏轼被贬的三个处所，但是在这些地方的苏轼仍然持豁达和诙谐的态度。苏轼曾说："我本儋耳人，寄生西蜀州。"又说："问汝平生功业，黄州惠州儋州。"在儋州，物质环境是最艰苦的。然而，即使如此，苏轼仍有功业。这三年的"功业"，其实就是教化和劝农。

读万卷书，自然有行万里路，于是作者有"行吟篇"。"行吟"一词出于《楚辞·渔父》："屈原既放，游于江潭，行吟泽畔"。不同于屈原的流放，作者是放旷而潇洒，大约同于纳兰性德："我欲行吟去也，应难问、骚客遗踪。"

行吟一直是文人雅事，那是另一番天地。身为宰相的寇准最爱天外野云，水边奇峰，他在大暑天行吟说："蝉鸣日正树阴浓，避暑行吟独杖笻。"苏辙说行吟可以脱俗："行吟坐咏皆自见，飘然不作世俗词。"陆游说行吟最能表现自我："倚杖行吟久，投杯起舞频。"元代画家王冕则说行吟可以忘机："行吟聊遣兴，不必论功勋。"画家倪瓒以行吟为日常功课，说："练衣挂石生幽梦，睡起行吟到日斜。"

行吟，诗人钟情于潇湘。唐代诗人刘长卿《酬郭夏人日长沙感怀见赠》诗云："岁去随湘水，春生近桂林。流莺且莫弄，江畔正行吟。"行吟，作者也钟情于潇湘，其湘游有三篇，即《湘南文化游》《湘游感怀》《湘西吟记》。

行吟其实是文化之旅。对屈原来说是行吟泽畔。对作者而言则是：世界这么大，我要去看看。湘南永州是个好去处，于是访永州柳侯祠，从《永州八记》中感受柳宗元的散文的另一种风采。于是访道县周敦颐故居，从《爱莲说》品味"出淤泥而不染，濯清涟而不妖"。这一种感受是在别处体验不到的。

行吟是游历，其实更是游学。湘西的边城凤凰，有很多人是因为沈从文的《边城》而来到这里的。我在想：每一个城市都有自己的文化名片。《边城》是凤凰的文化名片。作者的"行吟篇"写得很有感情，读者品读一番，是不是也有行吟的冲动呢？

出了潇湘，看一看北国风光也是极好的。所以作者有《中原之旅》《蓟州行吟》。

"渔阳鼙鼓动地来"是说"安史之乱"。古代渔阳就是今日天津市蓟州区。渔阳的独乐寺是历史名胜，寺之得名，一种说法是安禄山在此起兵叛唐，思独乐而不与民同乐，故有此名。《蓟州行吟》文中有一段话颇有意味："独乐寺满载的历史沧桑和诠释的历史音符，体会到时光的荏苒和岁月的变迁。"在行吟中作者品味出历史的厚重。

闲谈在中国是有传统的。在闲谈中往往逸兴遄飞，思越千古。白居易喜欢把酒闲谈，所以有"闲谈亹亹留诸老，美

197

酤徐徐进一卮"之句。明代袁宏道曾作冬夜闲谈，于是有："佳言屡似飞香屑，往事真如绎故书。"我最喜欢的是知己夜话："何当共剪西窗烛，却话巴山夜雨时。"

读罢《适意清飙》，我有三个印象。刘勰《文心雕龙》说："文之思也，其神远矣。故寂然凝虑，思接千载；悄焉动容，视通万里。吟咏之间，吐纳珠玉之声；眉睫之前，卷舒风云之色。""思接千载"是我读李秀贤《适意清飙》第一个印象。

宋代诗人刘宰《题冯公岭旅邸》诗云："层楼杰阁耸朱栏，楼下行人自往还。但见彩云横木末，不知身在翠微间。""身在翠微"是我读李秀贤《适意清飙》第二个印象。身在翠微之人，心也当在翠微。比那些一心追求孔方兄的诸位不知高尚多少。

杨慎有《临江仙》一词，词中写白发渔樵的闲谈。"古今多少事，都付笑谈中。"这是我读李秀贤《适意清飙》第三个印象。

期望读者也读一读此书，那会有几个印象呢？

2021 年 11 月 24 日

（刘锋，江苏扬州人，天津大学教授。现为天津市楹联学会名誉副会长，曾任天津《楹联》杂志主编。）

后　记

　　这是我出版的第三本书。我把近几年来发表在都市头条、非洲侨网、腾讯新闻、一点资讯、搜狐新闻、今日头条、凤凰新闻、时代领航者、网易新闻、看点快报、百度新闻、大为书画网、中原经济协作网、知者理事、澳华电视传媒、《印华日报》、《南华早报》、《西非统一商报》、《美南日报》等媒体上的文章，汇编成集，共三十篇，分设"品读""行吟""闲谈"等篇目，交给中国海洋大学出版社。

　　"品读"有十五篇，是我对古代圣贤的品读和感悟。品读古代圣贤，感悟他们的思想和品质是非常美好的事情。我虽然没法完全理解他们所处的时代，也不能真正领会他们的智慧和力量，但我的领悟所产生的快感是丰富又充实的。古语说："人非圣贤，孰能无过。"其实，圣贤也有过失，我认为他们的"过失"很可爱，可爱得让我无比愉悦。李白说："古来圣贤皆寂寞。"他们真的很"寂寞",他们的"寂寞"很亲切，亲切得让我爱慕。"行吟"有六篇，是我在进行文化之旅时，以诗记事、抒发情怀的写实。我喜欢游历的生活，行走过程中心灵的感悟是充满快乐的享受。我习惯口占成诗，以诗记实是我游历中愉快的插曲。明代高启在《钟山云霁图》诗中写道："昔年游历处，今向画中看。"我也有忆游历、悟美感的习惯。"闲谈"有九篇，是我闲情逸致时对一些问题的思考和看法。谚语说："静坐常思己过，闲谈莫论人非。"我空闲时，也会自我反省，但从不会论人非。我闲谈的是无关紧要的事，是就事论事的思考和看法，不求共鸣，权当抛砖引玉。

本书名叫《适意清飙》，是取唐朝诗人楼颖诗句"林间求适意，池上得清飙"的意境。适意，就是自在合意，这是我人生际遇的追求；清飙，就是清逸风范，这是我人生境界的向往。我在书中，不管是品读圣贤的感悟，或者行吟抒发的情感，还是闲谈时的思考和看法，都体现着我适意的追求和清飙般的向往。

在本书出版过程中，我得到许多专家、教授、朋友的支持和帮助。国家行政学院原副院长、博士生导师、著名学者、中华诗词学会会长、中国书法家协会理事周文彰（笔名弘陶）教授题签书名。资深媒体人、著名楹联家、香港新闻出版社社长古广祥先生在策划、编稿、出版等方面给予直接的指导并以中药名撰联祝贺：人言/上甲/连心翘；章举/无疵/益智仁。海南大学王春煜教授以《匠心独运 感喟遥深》为题作序；吉林大学文学院暨新闻与传播学院任传功教授以《心性合一，志虑忠纯的著述》为题作序；东北师范大学文学院金振邦教授以《适意清飙：人生的至美境界》为题写了评论；天津大学刘锋教授以《思接千载 身在翠微》为题写了评论；著名金石篆刻家徐子屏先生篆刻书名。他们拨冗垂阅，妙笔生辉，奖掖扶持，为此书补偏救弊。对于他们的支持和帮助，在此我表示衷心的感谢，同时也感谢关心支持本书出版的亲戚朋友和家人们！

出书了就有"书不尽言，言不尽意"的感觉。这种感觉就好像是"游兴未尽"，让人无奈，也让人期待。我想起章武先生在散文《天游峰的扫路人》中写道："我游兴未尽，便踏着暮色，沿着小溪散步。"我想，我也会沿着小溪散步，不管踏着什么，脚步一定会轻盈，心神一定会淡定……

本书奉献给大家的，是我认认真真、实实在在的感悟和思考。真诚一直是我的态度，对人、对事、对写作一样的真诚。但是，因本人写作水平有限，书的质量想必会存在一些问题。不足之处，敬请大家指正！

李秀贤

2022 年 2 月 27 日于儋州

后记

201